주석으로 쉽게 읽는
고정욱 그리스 로마 신화 8

주석으로 쉽게 읽는

고정욱
그리스
로마 신화

8

트로이아 전쟁

고정욱 지음

애플북스

Greek and Roman Mythology

차
례

1

황금 사과

테살리아 지역 프티아의 왕 펠레우스는 이아손과 함께 모험을 떠났던 인물이다. 오랜 방황 끝에 마침내 운명의 짝을 만나 결혼했는데, 그녀는 바다의 요정 테티스였다. 인간이 신과 결혼한 아주 드문 경우였다. 그 이유는 펠레우스가 제우스의 손자였기 때문이다.

발이 너무 아름다워 은빛 발이라는 별명을 가진 아름다운 요정과 결혼식을 올리는 자리에는 많은 사람들이 모여들었다. 물론 올림포스의 신들도 초대받았다. 술과 음식이 가득하고 아름다운 음악이 흐르는 가운데 흥겨운 잔치가 연일 이어졌다. 두 사람은 모든 신들과 인간들의 축복을 받으며 결혼식을 올렸다.★

하지만 이런 잔치에는 으레 초대받지 못한 사람이 있게 마련이다. 바로 누구든 만나기만 하면 분쟁을 일으키는 불화의 여신 에리스였다. 그런 그녀가 결혼식 피로연에 모습을 드러냈다.

"에리스가 왔어!"

"이를 어째? 분란이 일어나겠는걸."

그녀가 나타나자 흥겹던 분위기는 갑자기 싸늘하게 식었다.

"이런 자리에 나만 쏙 빼놓다니. 이대로 행복하게 결혼식이 끝날 것 같아? 복수하고야 말겠어. 인간과 신들 모두에게!"

사람들은 모두 두려움에 떨었다. 신들은 나서서 그녀를 제지했다.

"에리스, 여기서 이러면 안 돼! 어서 네 자리로 돌아가!"

"아, 위대한 신들이시여! 그대들의 위엄은 오금이 저릴 정도이지만 이를 어쩌죠? 나도 신인걸. 어쨌든 내가 그대들에게 복수하는 방법은 아주 간단하지!"

그녀는 흥미진진하다는 듯 웃었다.

"결혼식에 왔으니 그냥 갈 수는 없지. 선물이라도 놓고 가야겠다."

그녀는 황금 사과 하나를 잔칫상 한가운데로 던졌다.

"에구머니!"

잔칫상 주위에 몰려 있던 신들과 사람들은 무슨 끔찍한 물건이라도 던지는 줄 알고 얼른 몸을 피했다. 상 위에 떨어진 사과는 데굴데굴 굴러가다 멈췄다. 눈이 부시도록 밝은 빛을 내는 황금 사과에는 문구가 하나 새겨져 있었다. 한 사람이 용기를 내서 황금 사과를 집어 들고 읽어보았다.

가장 아름다운 여인이 이 사과의 주인이 되리라.

에리스는 차가운 바람을 일으키더니 이내 사라져버렸다.

소란스럽던 분위기가 가라앉자 여신들은 아름다운 황금 사과를 차지하고 싶은 욕망이 솟구쳤다. 이 세상에서 가장 아름다운 여인으로 인정받고 싶은 것이었다.

헤라가 먼저 눈을 빛내며 우아하지만 위엄 있는 목소리로 말했다.

"나는 신들의 아버지 제우스의 아내로서 모든 신들의 여왕이니 이 사과는 내가 가지는 게 마땅하지."

그러나 헤라가 아무리 높은 지위에 있다 한들 여인들의 시기와 질투로부터 자유로울 수는 없었다. 전투의 여신 아테나도 씩씩하게 나섰다.

"나의 지혜와 지략은 그 누구도 따라올 수 없소. 이 사과는 당연히 내 것이어야 하지 않겠소?"

미의 여신 아프로디테는 한껏 여유로운 표

여기서 잠깐!!

펠레우스는 원래 프티아의 왕이었던 에우리티온의 딸 안티고네와 결혼했어. 그런데 이올코스의 왕 아카스토스의 아내 아스티다메이아가 펠레우스를 유혹했다가 거절당한 것에 앙심을 품고 안티고네에게 거짓 편지를 보내. 펠레우스가 이올코스의 공주와 결혼하려 한다는 편지 내용을 읽고 안티고네는 그만 목을 매 자살하고 말아. 펠레우스는 켄타우로스 케이론과 힘을 합세해서 이올코스 왕국을 점령하고 자신을 음해했던 아스티다메이아 왕비를 죽여. 그 뒤 제우스가 나서서 펠레우스를 테티스와 짝지어 주었어. 제우스도 테티스와 결혼하고 싶어 했지만 그 아들은 아버지보다 강하다는 신탁을 듣고 테티스를 인간과 맺어준 거야.

정을 지으며 나섰다. 미모에서는 자기보다 뛰어난 존재가 없다고 자신
만만했다.

"호호호! 미의 여신인 나를 제쳐놓고 누가 이 사과를 차지하겠단 말
이오?"

여신들은 서로 격렬하게 말싸움을 벌이기 시작했다.

"지혜가 얼마나 아름다운 것인지 모르는 거요?"

"최고의 권력을 가진 나를 너희가 어찌 따라오겠느냐?"

"그러니까 그 모든 아름다움을 갖춘 것이 바로 나라니까."

세 여신의 논쟁은 점점 더 격렬해졌다.

"어디서 늙은 여신 주제에 아름다움을 운운하는 거예요?"

"뭐라고? 창과 방패나 휘두르는 네가 아름다움을 논할 자격이 있다
고 생각하는가?"

"아프로디테 너는 예쁘기만 하지, 할 줄 아는 게 뭐가 있단 말인가?"

"그러는 당신은 뭘 할 줄 알죠? 시기와 질투밖에 더 합니까?"

급기야 이들의 논쟁은 감정싸움으로 번졌다. 모든 신들과 사람들은
말없이 세 여신을 바라보았다. 아무래도 결론이 나지 않자 세 여신은
주위를 둘러보며 말했다.

"저기 모인 사람들에게 어디 한번 물어봅시다."

"좋소. 얼마든지 물어보구려."

"물어보나 마나 이 사과는 내 거야."

세 여신은 하나같이 자신만만했다.

"자, 여러분! 우리 중에 누가 가장 아름답소? 이 사과를 차지할 자격

을 갖춘 여신이 누구인지 말해보시오."

그러나 인간들은 지혜로웠다. 그동안 신들에게 시달리면서 누구보다 신들의 속성을 잘 알고 있었다. 어느 한 여신이 아름답다고 했다가는 나머지 두 여신의 분노와 증오를 살 게 뻔했다.

"저희는 잘 모르겠습니다. 어찌 우리 인간이 신의 아름다움을 평하겠습니까?"

그들은 손사래를 치며 물러났다. 사과의 주인이 정해지지 않은 채 잔치는 흐지부지되었고, 세 여신도 올림포스산으로 돌아갔다.★

그곳의 신들 사이에서도 논란이 끊이질 않았다. 한 여신의 편을 들기도 하고, 마음을 바꾸기도 하고, 아예 무관심한 태도로 일관하는 신도 있었다. 이 문제로 편이 갈린 신들은 오래도록 만나기만 하면 싸웠다.

"아름다움으로 말할 것 같으면 아프로디테가 단연 최고 아니오?"

"무슨 말을 하는 거요? 우리의 여왕이신 헤라 여신이야말로 최고의 아름다움을 지녔소."

"외모만 가지고 논해서는 안 되오. 문무를 겸한 아테나가 가장 아름답지 않소."

여기서 잠깐!!

잔치에 초대받지 못한 자의 원한은 인간 이야기의 원형이야. 잠자는 숲속의 공주도 마녀를 초대하지 않아 잠에 빠지는 저주에 걸린 거야. 잔치에서 문제가 생기는 이야기는 너무 많아. 우리나라 《춘향전》도 변학도의 생일잔치에 이몽룡이 어사로 등장해 탐관오리 변학도를 응징하지. 오늘날에도 명절날 친척들끼리 싸우는 일이 많아. 원한이나 억울함을 품고 있던 사람들이 다 같이 모인 자리에서 억눌린 마음을 표출하려고 하는 속성이 이야기에 반영된 거지.

황금 사과의 주인을 둘러싼 논쟁은 참으로 지루하게 이어졌다. 불화의 여신이 황금 사과를 던졌을 당시에 태어났던 아이들이 자라서 전사가 되고 목동이 되어 가정을 꾸릴 때까지 계속되었다. 언젠가는 죽게 마련인 삶이 유한한 인간들은 그 세월의 깊이를 짐작도 할 수 없었다. 불멸의 존재인 신들은 마치 영원히 싸우기라도 할 태세였다.

　　올림포스산의 분위기가 어색해질 무렵 에게해 해안에는 많은 도시국가들이 자리 잡고 있었다. 각자 왕을 뽑고 이웃 도시국가들과 활발하게 교역을 했다. 그 가운데 트로이아는 북동쪽 해안에 자리 잡은 거대한 도시국가였다.

　　바닷가 언덕에 성벽을 튼튼하게 쌓아 올린 트로이아는 지역적 이점으로 번성한 도시국가였다. 그 앞으로 흑해와 마르마라해, 에게해를 넘나드는 장삿배들이 무수히 지나다녔던 것이다.★ 이들에게 통행세를 거두다 보니 가만히 앉아 있어도 재산과 물류가 쌓였다.

　　트로이아의 프리아모스 왕은 오래도록 거대한 도시국가를 슬기롭게 이끌었다. 영토도 넓을 뿐만 아니라 말을 숭배하고 귀하게 여기는 풍습에 따라 용맹한 말들도 많이 가지고 있었다. 그는 슬하에 아들들도 많이 두었고, 모든 것이 풍족했다.

　　왕 내외는 황금 사과를 둘러싼 논란이 시작될 무렵에 태어난 아들에게 파리스라는 멋진 이름을 지어주었다. 하지만 헤카베 왕비★가 파리스를 임신하고 있을 때부터 점술사들은 불길한 예언을 했다.

　　"왕자님은 엄청난 사건을 일으킬 것입니다."

　　"뭐라고? 이 아이가 무슨 문제라도 일으킨단 말인가?"

"아뢰옵기 송구하오나 트로이아를 잿더미로 만들 운명입니다."

사실 이런 이야기는 그냥 나온 게 아니다. 헤카베는 파리스를 가졌을 때 불길한 태몽을 꾸었다. 그녀의 가슴에서 갑자기 횃불이 튀어나오더니 그대로 날아가 트로이아 도심을 불태우고, 이다산의 숲까지 잿더미로 만들어버렸다. 이런 흉몽을 꾼 헤카베는 신탁을 물어보고 점술사들에게 해몽을 부탁했다. 한두 명이 아니라 많은 점술사들과 신탁을 전하는 자들이 같은 이야기를 하자 헤카베는 우울해졌다. 이 아이를 궁에 두었다가는 나라가 재앙에 빠질 것이 분명했기 때문이다.

마침내 아이를 출산한 헤카베는 결단을 내렸다. 트로이아가 누리는 천혜의 혜택을 아들 하나 때문에 잃을 수는 없었다. 그녀는 시녀 하나를 조용히 불렀다.

"이 아이를 몰래 안고 가서 깊은 숲속에 내다 버려라."

"왕비님, 어찌 그런 잔인한 일을 저에게 시키십니까?"

"트로이아를 구하기 위해서는 어쩔 수 없

여기서 잠깐!!

에게해와 마르마라해를 잇는 다르다넬스해협은 지금도 교통의 요지야. 마르마라해에서 에게해로 나오는 길목에 트로이아가 자리 잡고 있었어. 그러니 엄청난 부와 풍요가 트로이아의 것이 될 수밖에 없었지. 항해하던 배들이 정박해서 세금을 내고 식료품이며 항해에 필요한 물건도 사야 하니까 트로이아는 가만히 앉아서 돈을 거둬들인 셈이야.

● ● ●

프리아모스 왕의 두 번째 아내야. 그녀의 혈통에 대해서는 이런저런 설들이 많지만 그보다는 자식을 19명이나 낳은 것으로 유명해. 50명까지 낳았다는 설도 있지. 그 가운데 가장 유명한 건 장남 헥토르, 파리스, 딸은 크레우사(아이네이아스의 아내), 카산드라 정도야.

는 일이다.”

왕비의 명에 따라 시녀는 아기를 바구니에 담아서 깊은 숲속으로 들어갔다. 그러고는 늑대의 밥이 되든 말든 숲에 아기를 놓아두고 도망치듯 궁으로 돌아왔다.

그러나 영웅들은 항상 누군가가 지켜주는 법이다. 이때 마침 한 목동이 잃어버린 송아지를 찾으러 숲속으로 들어왔다. 이상한 울음소리가 들리기에 서둘러 달려가 보니 거기에는 송아지가 아니라 갓난아이가 있었다.

“아니, 누가 갓난아이를 여기에 버렸단 말이냐.”

목동은 자기가 기를 생각으로 아이를 데려갔다.

파리스 왕자는 목동 밑에서 점점 힘이 세고 잘생긴 청년으로 자라났다. 거친 들판에서 단련된 그는 달리기와 활쏘기에서 누구도 당해낼 장사가 없었다. 한마디로 왕자의 유전자를 가지고 태어난 것이다. 이다산 기슭의 떡갈나무 숲과 고온지대에서 자란 그는 강한 근육과 용맹함을 가지고 있었다.

잘생긴 그를 보고 숲속의 요정이 가만 놔둘 리 없었다. 요정 오이노네가 파리스를 유혹해 둘은 사랑에 빠졌고 숲속에서 행복하게 살았다. 오이노네는 산에서 나는 약초들을 이용해 신묘한 약을 만들어 사람의 상처를 감쪽같이 치유해주는 놀라운 능력을 가진 요정이었다.

“사랑하는 파리스. 나는 당신이 죽어간다 해도 살릴 수 있어요. 그러니 아프거나 하면 언제든 나에게 와요.”

“고마워, 오이노네. 하지만 나는 이렇게 건강하니 그런 걱정은 하지 않아도 돼."

오이노네와 함께 행복하게 살아가던 파리스에게 드디어 운명의 저주가 드리우기 시작했다.

올림포스산에서 지겹도록 싸우던 세 여신은 어느 날 세상을 내려다보다 이다산에서 소를 치는 잘생긴 청년 하나를 발견했다. 그 높은 올림포스산에서도 눈에 띌 정도로 파리스에게는 후광이 비쳤다. 여신들은 그가 바로 트로이아의 프리아모스 왕이 내다 버린 아들이라는 것을 알았다.

"그래, 저 청년이라면 어느 신에게 보복당할까 봐 두려워하지 않고 공정하게 판단해줄지 몰라."

"그렇겠네요. 다른 자들은 우리의 존재를 알기 때문에 말하기를 꺼리지만 저자야말로 아무것도 모른 채 성장했으니까요."

"아무런 편견 없이 우리를 보고 판단해줄 테니 저자에게 누가 가장 아름다운 여신인지 물어봅시다."

오랫동안 싸우느라 지친 세 여신은 어떻게든 결판을 내고 싶었다. 그래서 세 여신은 황금 사과를 청년에게 던졌다. 하늘에서 뭔가 떨어지자 파리스는 날쌘 운동신경으로 사과를 받았다. 황금빛으로 반짝거리는 사과에 쓰여 있는 문구를 발견하고 파리스는 당황했다.

"이 황금 사과는 누가 떨어뜨린 거지? 그리고 웬 글귀가 적혀 있지?"

그때 세 여신은 파리스 앞에 모습을 드러냈다. 눈부신 광채가 나는 여신들의 모습을 보자 파리스는 자기도 모르게 눈을 가리며 물러났다.

"잘생긴 청년이여! 도망가지 마라! 우리는 올림포스산에서 내려온

파리스

트로이아의 왕자로, '가장 아름다운 여신'을 결정하는 무서운 심판을 했어. 그는 미의 여신 아프로디테를 선택하고 약속대로 헬레네를 얻게 되었지. 하지만 그 결과로 트로이아 전쟁이 시작되었어. 순간적인 선택이 엄청난 결과를 초래할 수 있음을 보여주는 인물이지. 헬레네를 끝까지 돌려주지 않고 전쟁에서 싸우다 죽어.

여신들이다."

세 여신은 자신들이 내려온 이유를 설명했다.

"그 황금 사과에 적혀 있는 대로 아름다운 여인이 그것을 차지해야 한다. 우리 셋 중에 누가 가장 아름다우냐?"

영민하고 대범한 파리스는 이내 두려움을 떨쳐버리고 태도를 바꾸었다.

"제가 선택하면 신들께서는 저에게 무엇을 주시겠습니까? 세상에 공짜는 없는 법이지요."

세 여신은 서로 마주 보았다. 아테나가 먼저 나섰다.

"좋다."

눈부신 갑옷을 입은 그녀는 파리스를 바라보며 씩씩한 목소리로 말했다.

"나에게 황금 사과를 주면 그 누구에게도 뒤지지 않는 지혜와 용맹함을 너에게 주겠다. 모든 남자들이 원하는 것 아니냐."

"알겠습니다."

파리스의 가슴은 뛰기 시작했다. 이 세상에서 가장 용맹한 장수가 될 수 있는 기회가 열린 것이다.

이때 헤라가 나섰다.

"나는 제우스의 아내로서 신들의 여왕이다. 그 사과를 나에게 준다면 너에게 어마어마한 재물과 권력과 명예를 주겠다."

역시 가슴 설레는 일이었다. 재물과 명예와 권력을 갖는다면 이 세상을 통치할 수 있다. 파리스는 더욱 가슴이 벅찼다.

마지막으로 미의 여신 아프로디테가 말했다. 금실 같은 머리카락을 휘날리며 부드러운 미소를 띤 채 그녀는 입을 열었다.

"나에게 황금 사과를 주면 나처럼 아름다운 여자와 결혼하게 해주겠다."

그 순간 파리스의 마음이 크게 움직였다. 여신만큼 아름다운 여인을 얻는다면 더 이상 바랄 것이 없었다. 지혜와 권력과 재물과 명예가 있다고 해서 아름다운 여인을 얻을 수 있는 것은 아니다. 아프로디테의 제안에 마음이 동한 파리스는 자기와 사랑을 나누고 있는 숲속의 요정 오이노네도 잊어버리고 황금 사과를 아프로디테에게 건네고 말았다.★

"호호호!"

아프로디테는 마음껏 웃으며 황금 사과를 가지고 사라졌다. 나머지 두 여신도 아무 말 없이 올림포스산으로 올라갔다.

세상에서 가장 아름다운 여인이라는 명예를 차지한 아프로디테는 파리스와 약속한 것을 지키려고 마음먹었다. 그러기 위해서는 우선 파리스를 원래의 왕자 신분으로 돌려놓을 필요가 있었다. 산속의 목동 신분으로는 세상에서 제일 아름다운 여인의 짝이 될 수 없었다.

아프로디테는 프리아모스 왕의 부하들이 가장 크고 아름다운 황금소 한 마리를 훔치도록 조화를 부렸다. 부하들은 왕에게 잘 보이려고 파리스가 정성껏 기른 가장 큰 황금소 한 마리를 훔쳐가 버렸다.

"내가 가장 아끼는 소가 어디로 갔단 말이냐?"

파리스는 소의 발자국을 따라 산을 내려와 트로이아의 도심으로 향했다.

그때 헤카베 왕비는 트로이아 성내에 외출을 나왔다 소를 찾아 헤매고 있는 파리스를 발견했다. 수많은 사람들 속에서도 단연 눈에 띄는 외모였다.

"저 잘생긴 청년은 누구냐? 데리고 와봐라."

시녀들이 파리스를 데려오자 그녀는 어딘가 자신과도 닮은 용모에 호감이 갔다. 도무지 목동으로 보이지 않았다. 게다가 환하게 웃는 모습은 남편 프리아모스를 닮았다. 헤카베는 본능적으로 자신의 아들임을 알아챘다.

'아, 내 아들이 죽지 않고 살아 있는 게 아닐까? 태어나자마자 내 품을 떠났던 그 아이면 어쩌지?'

헤카베는 젊은이의 얼굴을 두 손으로 감싸며 물었다.

"그대의 아버지는 누구인가?"

"우리 아버지는 소를 치는 목동이기는 한데, 친아버지는 아닙니다."

"어머니는 누구인가?"

"어머니는 누군지 모릅니다. 제가 갓난아이 때 숲속에 버려져 있었다는 이야기만 들었습니다."

여기서 잠깐!!

사과는 역사적인 사건이나 이야기에 많이 등장하는 소재야. 가장 먼저 《성경》의 선악과를 들 수 있지. 이브가 아담과 나눠 먹는 바람에 인간은 에덴동산에서 쫓겨났어. 독사과를 먹고 잠든 백설공주 이야기도 있지. 우리 민족에게도 사과에 얽힌 슬픈 이야기가 있어. 식민지 시절 간토 대지진이 일어나자 일본인들은 재일 교포들에게 그 책임을 돌렸지. 그래서 발음하기 어려운 '사과'를 일본어로 말해보라고 해서 조선인들을 가려내 모조리 죽였어. 그러나 뭐니 뭐니 해도 가장 영향력 있는 사과는 스티브 잡스가 세운 애플이지. 한 귀퉁이를 베어 먹은 사과 심벌마크를 모르는 사람은 없을 거야.

그는 틀림없이 그녀의 아들이었다.

"오! 아들아! 네가 바로 나의 아들이다. 어느새 이렇게 잘생기고 건장한 청년이 되었구나!"

헤카베는 훤칠하게 자란 아들을 보고 기쁨에 겨웠다. 과거 점쟁이들의 불길한 예언 따위는 어느새 까맣게 잊고 있었다.

"빨리 너의 아버지를 만나러 가자!"

프리아모스 왕은 다른 왕자들과 함께 파리스를 반갑게 맞아주었다. 잃어버린 아들이 살아 돌아왔으니 이보다 더 기쁜 일이 없었다. 왕은 다른 왕자들처럼 파리스에게 커다란 저택을 하나 마련해주었다.

황금소를 찾아 성내에 들어왔던 파리스는 하루아침에 신분이 급상승했다. 그뿐만 아니라 왕자라는 권력과 부와 명예를 동시에 가지게 되었다. 그래도 파리스는 잊지 않고 이다산의 떡갈나무 숲으로 가서 오이노네를 만나 행복한 나날을 보냈다.

2

아프로디테의 약속

에게해에는 수많은 도시국가들이 자리 잡고 있었다. 그중에 가장 크고 강력한 도시국가가 있었으니, 바로 스파르타였다. 이 스파르타에서 메넬라오스의 결혼식 피로연이 열리고 있었다. 그의 아내는 바로 헬레네였다.

헬레네의 미모는 일찍이 온 세상에 알려져 있었다. 사람들은 그녀를 '볼 빨간 헬레네'라고 불렀다. 그녀를 본 사람들은 누구나 세상에서 가장 아름다운 여인임을 부인하지 못했다. 그리스 전역에서 헬레네를 최고의 미녀라고 칭송했다.

헬레네가 결혼할 나이가 되자 미모와 명성에 걸맞게 그리스 전역에서 수많은 왕과 왕자들, 그리고 불세출의 영웅들이 그녀를 아내로 맞이하기 위해 몰려들었다.

"헬레네를 꼭 내 왕비로 삼겠소."

"헬레네와 결혼해서 예쁜 자녀들을 낳을 거요."

헬레네의 아버지이자 스파르타*의 왕인 틴다레오스는 수많은 사윗감들 중에 한 명을 선택해야 했다. 하지만 모두 하나같이 뛰어난 영웅이자 왕들이었기에 선택받지 못한 것에 대해 자존심이 상한 나머지 앙심을 품고 전쟁을 일으켜서는 곤란한 일이었다. 그때 그에게 지혜를 준 자가 있었다. 그 역시 청혼자인 오디세우스였다. 그는 곤란에 빠진 틴다레오스에게 이렇게 말했다.

"다른 청혼자들이 앙심을 품지 않게 할 방법은 있으십니까?"

"그게 걱정이라네."

"저에게 묘안이 있습니다."

그렇게 지혜로운 청혼자 오디세우스는 틴다레오스에게 귀엣말로 묘안을 들려주었다.

다음 날 틴다레오스는 청혼자들에게 물었다.

"그대들은 헬레네의 정혼자로 선택되지 못하더라도 일체의 반감을 갖지 않고 순응할 것인가?"

"당연합니다. 신의 뜻에 따른 일 아닙니까?"

"헬레네와 결혼할 사람을 시기하거나 증오하지 않겠다고 약속할 수 있겠는가?"

"신께 맹세합니다."

"누가 선택되더라도 그대들은 훗날 무슨 일이 생겼을 때 목숨을 바쳐 헬레네를 지켜줄 수 있겠는가?"

"맹세합니다! 신께 맹세합니다!"

그들은 아름다운 헬레네를 위해 무엇이든 하겠다고 약속했다. 하지만 이 맹세가 나중에 화근이 될 줄은 아무도 몰랐다.

결국 최종 낙점자는 부드러운 성품을 가진 메넬라오스였다. 틴다레오스 왕은 그가 우직하게 헬레네를 지켜줄 거라고 믿었다.

험한 바위섬에 자리 잡은 이타카의 오디세우스 왕은 어려서부터 귀족들 모임에서 헬레네를 보아왔던 터라 더더욱 간절했지만, 최종 선택을 받지 못했다. 하지만 그는 빈손으로 고향에 돌아갈 수 없었다. 어떻게든 왕비가 될 아름다운 여인을 데려가야 했다. 그것은 이타카 백성들의 염원이기도 했다.

그때 마침 헬레네의 사촌 여동생 페넬로페를 우연히 보게 되었다. 이카리오스의 딸인 페넬로페도 헬레네 못지않게 아름답고 매력적인 여인이었다. 첫눈에 반한 오디세우스는 페넬로페에게 청혼했다. 페넬로페는 늠름하고

여기서 잠깐!!

기원전 10세기에 형성된 스파르타는 다른 도시국가처럼 계속 성장했어. 그러나 인구가 늘어나면서 토지가 부족해지자 인근 국가들을 정복하기 시작했고 수많은 도시국가와 민족을 거느리게 되었지. 그러다 보니 이들이 언제든 반란을 일으킬 수 있었기에 이를 대비해 용사들을 양성하기 시작했어. 특히 군사력으로 바로 전용할 수 있는 청소년 교육에 힘을 쏟아서 아이들은 30세까지 공동생활을 하면서 전사로서 훈련받았다고 해. 그리고 전쟁에 나갈 수 없을 때까지 평생 훈련을 받아야만 했어. 여자들도 마찬가지로 검소하게 생활하며 건강한 아이를 출산하기 위해 신체 단련을 해야만 했다고 해. 그래서 오늘날까지 스파르타 교육은 엄격한 교육을 상징하는 말로 쓰이고 있어.

지혜로운 오디세우스의 청혼을 받아들였다.★

청혼자들은 각자 다른 배필을 찾아서 떠나거나 빈손으로 저마다의 고향으로 돌아갔다. 이대로 평화가 계속될 것 같았지만 꽃이 아름다우면 꺾고 싶은 법이다. 인간 사회의 이러한 소문은 마침내 올림포스산에 있는 아프로디테 여신에게까지 알려졌다.

"안 그래도 가장 아름다운 여인을 파리스에게 주기로 했는데 잘됐다."

그녀는 헬레네에 대한 소문을 트로이아까지 퍼트렸다.

이때 왕자로서 교육을 받은 파리스는 더욱 늠름하고 자신감이 넘치는 모습이었다. 파리스는 어느 날 바람결에 들려오는 소문을 들었다. 스파르타의 메넬라오스★ 왕이 세계 최고의 미녀와 수년 전에 결혼했다는 것이다.

"아프로디테 여신이 최고로 아름다운 여인을 나에게 주기로 하지 않았던가?"

파리스는 헬레네가 얼마나 아름다운지 확인해봐야겠다고 생각했다. 그야말로 젊은 패기였다.

"내 눈으로 직접 봐야겠어. 그녀가 정말 아프로디테 여신이 약속한 여인이라면 내가 데려와야지."

파리스가 헬레네를 데리러 가겠다는 이야기를 듣고 오이노네는 그를 막아섰다.

"왕자님, 스파르타로 가시면 분란이 일어날 수 있습니다. 그냥 저와 함께 트로이아에서 행복하게 살아요. 그리고 헬레네는 이미 딸까지 낳고 잘 살고 있잖아요."

하지만 파리스는 막무가내였다.

"신이 나에게 주기로 약속한 여인을 꼭 데려와야겠어."

파리스는 더 이상 떡갈나무 숲 오이노네의 동굴을 찾지 않았다. 그는 어려서부터 소를 치는 목동 밑에서 자유분방하게 자랐다. 절제나 양보, 혹은 단념을 모르는 자였다. 소나 양들은 그가 어떻게 해도 저항하지 않았다. 모든 것을 자기 마음대로 하던 그는 원하는 것은 뭐든지 손에 넣어야 직성이 풀렸다.

파리스는 프리아모스 왕에게 부탁했다.

"아버지, 저에게 배 한 척만 빌려주십시오."

"무슨 일로 배가 필요한 것이냐?"

"넓은 세상으로 나가고 싶습니다."

왕은 자유분방하고 거침없는 아들이 더 넓은 세상으로 나가 다양한 시련을 겪다 보면 좀 더 성숙해질 것이라고 생각했다.

"그래, 우리나라에서 최고로 좋은 배를 내주도록 하마."

파리스는 노잡이들을 모아서 배를 타고 에게해로 나아갔다. 아프로디테는 약속을 지키기 위해 순풍을 보내주었다. 배는 순조롭게 항

여기서 잠깐!!

이 두 사람이 결혼한 데에는 두 가지 설이 있어. 하나는 오디세우스가 다른 청혼자들을 모두 맹세하게 만들어줘서 틴다레오스가 보답으로 페넬로페와 결혼할 수 있게 해주었다는 거야. 또 하나는 페넬로페의 결혼을 상으로 내건 전차 경주대회에서 오디세우스가 우승했다는 거야.

● ● ●

아가멤논과 형제인 그는 이곳저곳을 떠돌다 스파르타에 정착하게 되었어. 스파르타의 틴다레오스 왕이 그들 형제를 거두어 두 딸과 각각 결혼시켰지. 나중에 틴다레오스는 스파르타를 메넬라오스에게 물려줘서 왕이 돼. 일설에 의하면 그는 우유부단하고 나이 든 왕이었다고 해. 그래서 헬레네가 젊은 파리스의 유혹에 넘어간 거라고 말이야.

해하여 마침내 펠로폰네소스반도의 남쪽 스파르타에 도착했다. 파리스 일행은 해변에 배를 끌어 올리고 언덕을 넘어 메넬라오스 왕의 궁에 도착했다.

에게해 인근 나라들 사이에는 다른 나라에서 온 방랑객들을 환대해야 한다는 불문율이 있었다. 언젠가 그들도 바다로 나가 어떤 섬에 도착할지 모르기 때문이다. 또한 이들을 맞이하는 일은 새로운 소식과 정보를 얻을 수 있는 기회이기도 했다.

메넬라오스 왕의 궁에 있는 시종들은 파리스 일행을 맞이하고, 항해와 여행으로 옷에 붙은 먼지와 소금을 털어주었다. 목욕을 하고 새 옷을 갈아입은 파리스는 큰 접견실로 안내되었다. 한가운데는 화롯불이 타고 있었고, 메넬라오스 왕의 발밑에 사냥개들이 웅크리고 있었다. 왕은 파리스 일행을 두 팔 벌려 환영했다.

"나그네들이여, 환영하오. 그대들은 어디에서 온 누구인가? 우리 스파르타에는 무슨 일로 왔는가?"

파리스는 예를 갖춰서 정중하게 인사를 올렸다.

"존경하는 왕이시여! 저는 머나먼 트로이아에서 온 파리스 왕자라고 합니다."

"오! 파리스 왕자, 그대가 이토록 잘생긴 남자인 줄은 몰랐구려."

"먼 나라를 두루 다니며 경험을 쌓고 있습니다. 강한 스파르타를 이끌어가시는 훌륭한 왕으로서, 전하의 명성은 저희 트로이아에까지 널리 알려져 있습니다."

파리스의 예의 바른 대답은 듣는 사람을 기분 좋게 하기에 충분했다.

메넬라오스는 잘 숙성된 포도주를 술잔에 따라주고 신선한 고기와 과일도 푸짐하게 내주며 그들을 극진하게 대접했다.

"자, 편하게 앉아서 마음껏 드시오! 먼 길 오느라 고생이 많았소."

파리스 일행은 먹고 마시며 여행 중에 겪은 일들에 대해 이야기를 나누었다. 이런 생생한 이야기야말로 견문을 넓힐 수 있는 좋은 기회였다.

마침내 연회가 무르익자 파리스가 그토록 보고 싶어 했던 헬레네가 시녀들을 거느리고 연회장으로 들어섰다. 시녀 한 명은 헬레네의 아홉 살짜리 딸을 안고 있었고, 또 하나는 짙은 보라색 털실이 담긴 바구니를 들고 있었다. 헬레네와 시녀들은 화로 옆 한쪽 구석에 앉아 길쌈을 하면서 남자들의 대화를 들었다.

헬레네가 들어서는 순간 빛이 뿜어 나오는 것 같았다. 파리스는 어두컴컴한 가운데서도 아프로디테가 약속한 여인이라는 것을 한눈에 알아보았다. 소문으로 듣던 것보다 훨씬 아름다웠다. 이목구비와 피부, 몸매까지 모든 것이 완벽했다. 남자라면 누구나 첫눈에 매혹될 만큼 아름다운 여인이었다. 파리스는 메넬라오스와 이야기를 나누면서도 계속 헬레네를 보았다.

헬레네 또한 처음 온 손님이 누구인지 궁금해서 힐끗 보며 귀를 기울였다. 화롯불이 활활 타올라 실내가 환하게 밝아지자 헬레네는 건너편에 앉은 낯선 청년의 얼굴을 보았다. 그 순간 그녀의 가슴이 두근거리기 시작했다.

'어머, 저렇게 잘생긴 청년이 있다니!'

헬레네 역시 파리스의 미모에 반하고 말았다. 무엇보다 파리스는 젊

디젊은 청년이었다. 남편 메넬라오스는 그저 아버지가 골라준 강하고 우직한 남자였다. 헬레네가 정작 원했던 신랑감은 젊고 다정다감한 남자였다. 그러므로 그녀의 결혼은 불행한 것은 아니었지만 그렇다고 해서 행복한 것도 아니었다.

중년의 나이가 지난 메넬라오스는 벌써 머리카락과 수염이 희끗희끗해지고 있었다. 그와는 달리 파리스는 온통 흑발에 새치라고는 한 올도 보이지 않았고, 얼굴에 주름살 하나 없었다. 반짝이는 눈빛과 기품이 넘치는 환한 미소까지 어느 여인이 보더라도 가슴이 설레지 않을 수 없을 것이다. 실을 감는 헬레네의 손길이 심장박동 소리에 맞춰 빨라졌다.

메넬라오스는 자신이 궁 안에 화근을 들였나는 사실을 꿈에도 모른 채 연회를 계속 이어갔다.

"자! 그대들은 이곳을 내 집이라 생각하고 편하게 즐기시오."

마침내 밤이 깊어 왕을 비롯해 하나둘 자리를 떠났다. 하지만 파리스는 헬레네를 두고 일어날 수가 없었다. 그는 밤늦도록 멀리서나마 헬레네를 바라보았다. 그때부터 요정 오이노네는 그의 머릿속에서 완전히 지워지고, 오직 헬레네 생각뿐이었다.

이후로도 파리스는 왕의 손님으로서 궁에 계속 머물며 사람들과 이야기를 나누었다. 시간이 지날수록 헬레네에게도 자연스럽게 가까이 다가갈 수 있었다. 파리스는 포도나무 밑에서 보라색 실을 감으며 노래를 부르는 헬레네 옆에 앉아 정겹게 이야기를 나눌 정도로 가까워졌다. 헬레네는 늘 다정하게 대해주었다. 두 사람은 점점 더 친근하게 지냈고, 그럴수록 파리스는 더욱 안절부절못했다. 떠나야 할 날이 다가오고 있었기 때문이다.

'아! 이 아름다운 여인을 두고 떠나야 하다니……, 어찌하면 좋은가?'

그러다 마침내 신의 뜻이 이루어지는 날이 되었다.

"예정해두었던 사냥을 떠나도록 하자!"

메넬라오스 왕은 신하들을 이끌고 궁을 나섰다. 당시에 사냥은 전쟁을 대비한 훈련이기도 했기에, 어느 나라 왕이든 정기적으로 사냥을 떠났다. 특히 스파르타는 더했다. 늘 외적의 침입이나 반란에 대비해야 했기 때문이다.

"손님들도 함께 사냥을 갑시다!"

다른 나라에서 온 손님까지 사냥에 동반한다는 건 그만큼 스파르타가 강하게 준비된 나라라는 것을 보여주는 효과도 있었다. 다른 나라 귀족들도 모두 함께 떠나기로 했다. 사냥은 또 다른 축제였다.

하지만 파리스는 창백한 얼굴로 메넬라오스에게 말했다.

"저는 몸이 좋지 않아 궁에 머무르려고 합니다. 더구나 곧 고향으로 돌아가야 하니 그때까지 여기서 쉬는 것이 좋겠습니다."

"오, 알겠소, 파리스 왕자. 사냥을 다녀올 동안 궁에서 푹 쉬고 있으시오."

메넬라오스는 아무 의심 없이 사냥을 떠났다.

사람들이 떠나자 갑자기 궁 안이 한적해졌다.

그날 오후 파리스는 헬레네와 함께 올리브 나무 그늘 아래를 산책하고 있었다.

"오, 헬레네. 당신에게 고백할 것이 있습니다."

"파리스, 무슨 일이라도 있나요?"

"당신은 아프로디테 여신이 나에게 준 선물입니다."

난데없는 말에 헬레네는 깜짝 놀랐다.

"그게 무슨 말씀인가요?"

파리스는 황금 사과를 걸고 아프로디테와 약속한 이야기를 털어놓았다. 헬레네는 미의 여신으로부터 세상에서 가장 아름다운 여인으로 인정받았다는 사실에 가슴이 벅찼다.

"저는 오로지 당신을 보기 위해 여기 왔습니다. 내 가슴은 온통 찢어질 것만 같아요. 사랑하는 당신을 두고 나 혼자 돌아갈 수는 없어요. 헬레네, 나와 함께 갑시다."

헬레네는 당황하며 말했다.

"그건 안 될 말입니다. 당신을 따라갈 수 없어요."

"왜 안 된단 말입니까? 내가 이렇게 당신을 사랑하고 원하고 있지 않습니까?"

"당신과 함께 갈 수 없는 이유는 두 가지예요. 우선 나는 이미 다른 남자의 아내가 되어 아이까지 낳았어요. 그런 내가 당신과 떠난다면 숱한 비난을 받을 거예요. 두 번째는 당신이 떠난다면 나 혼자 남겨져 외로움에 떨고 있을 거예요."

헬레네는 묘한 말을 했다. 파리스를 따라갈 수도 없고, 자신을 놔두고 가지도 말라는 것이었다. 파리스는 그녀의 말뜻을 알아챘다.

"헬레네! 나의 배는 지금 바닷가에서 떠날 준비를 하고 있습니다. 당신의 남편인 메넬라오스는 지금 멀리 나가 있고, 당신은 그를 별로 사랑하지 않아요. 당신과 나는 여신이 맺어준 인연입니다. 인간의 힘으로 끊을 수 없는 관계라는 말입니다. 우리는 마치 하나의 뿌리에서 나온 두 개의 덩굴과 같은 존재입니다."

파리스는 온갖 현란한 수사를 동원해서 헬레네의 마음을 흔들었다. 한나절 동안 두 사람은 계속 밀고 당기기를 거듭했다. 파리스는 원하는 것을 기어이 손에 넣고 마는 집념의 사내였다.

"트로이아의 아름다운 성과 나무와 숲을 보고 싶지 않습니까? 그곳 에서 나와 함께 서로 사랑하며 평생을 살겠습니까, 아니면 아직 젊고 꽃다운 나이에 메넬라오스와 같은 중늙은이와 함께 살겠습니까? 당신 의 선택에 따라 아름다운 세상이 열릴 것입니다."

헬레네의 마음속에는 파리스를 따라가고 싶은 욕망이 꿈틀거렸다. 물론 아프로디테 여신이 뒤에서 부추기고 있었다.

마침내 헬레네는 큰 결심을 했다.

"알겠어요. 당신을 따라가겠어요. 한 번뿐인 인생이니 사랑을 선택하 겠어요."

파리스는 헬레네의 손을 꼭 잡으며 말했다.

"잘 생각했어요. 내가 먼저 배에 가서 기다리고 있을 테니 얼른 채비 를 하고 그리로 오세요."

헬레네는 자신의 처소로 돌아와 짐을 싸기 시작했다. 그녀가 파리스 를 따라간다는 것을 눈치챈 시녀들은 울부짖으며 말렸다.

"왕비님, 안 됩니다. 어린 공주님을 두고 어찌 떠나려고 하십니까? 왕께서 이 사실을 아시면 가만있지 않을 것입니다."

하지만 사랑에 눈이 먼 헬레네의 귀에는 어떤 말도 들리지 않았다.

"나는 한 나라의 왕비보다는 한 남자의 여자로서 새로운 인생을 찾아갈 거야. 나의 행복을 위해 살기로 결심했어."

애원하는 시녀들을 등진 채 헬레네는 시녀 몇 명만을 데리고 파리스가 기다리는 바닷가로 나갔다. 파리스는 헬레네를 낚아채듯이 붙잡아 배에 태웠다. 그는 헬레네와 함께 돌아갈 생각에 가슴이 벅차올랐다.

"어서 돛을 올려라. 트로이아로 돌아간다. 신의 뜻에 따라 나는 세상에서 가장 아름다운 여인을 얻었노라."

노잡이들은 힘껏 노를 저어서 먼 바다로 배를 몰고 나아갔다. 이것은 단순히 한 남자와 한 여자가 첫눈에 반해 저지른 사랑의 도피가 아니었다. 두 사람 앞에는 어마어마한 불행이 기다리고 있었다.

3

아킬레우스의 참전

사냥에서 돌아오자마자 메넬라오스는 헬레네가 사라진 것을 알았다. 아내는 남편과 자식까지 버리고 처음 보는 사내를 따라간 것이었다. 하늘이 무너지는 충격이었다. 더욱 견디기 힘든 것은 아내를 유혹해서 데려간 사람이 다름 아닌 자신이 그토록 환대했던 손님이라는 사실이었다. 메넬라오스는 굴욕감과 치욕스러움에 견딜 수가 없었다.

"파리스 이놈을 당장 갈아 마셔도 시원치 않다!"

그의 분노는 하늘을 찔렀고, 당장이라도 트로이아로 쳐들어갈 기세였다.

"그리스 전역에 지원을 요청하라! 트로이아를 치러 가겠다! 이것은 그리스의 명예가 걸린 일이다. 반드시 파리스를 죽이고 아내를 되찾아 오고야 말겠다!"

메넬라오스는 먼저 형인 미케네의 왕 아가멤논에게 이 사실을 알리고 지원을 요청했다. 아가멤논은 검은 수염이라 불리는 용맹한 왕이었다. 그리스 전역에서 왕들 위에 군림하는 대왕이나 마찬가지였다. 그가 나서면 다른 도시국가의 왕들도 모두 움직일 수밖에 없었다.

"동생의 슬픔은 곧 나의 슬픔이다! 이참에 트로이아를 완전히 정벌해버리자!"★

미케네 궁전에서 아가멤논은 그리스 전역에 공포했다.

"나와 뜻을 같이하는 나라들은 모두 참전하라!"

그의 한마디에 그리스의 모든 도시국가들은 군사들을 징발하기 시작했다. 필로스의 왕이며 예순이 넘은 최고령의 장수 네스토르, 살라미스의 왕인 아이아스, 이타카의 지혜로운 왕 오디세우스와 크레타의 이도메네우스 왕도 일어섰다. 그리스 전역에서 검은 배들이 파도를 헤치고 몰려들었다.

그리스의 다른 나라에게는 트로이아 원정이 하나의 기회이기도 했다. 번영하고 있는 트로이아를 정복해서 수많은 재화와 보물을 차지할 수 있기 때문이었다. 더구나 흑해로 들어갈 때마다 트로이아에 통행세를 내는 것도 불만이었다. 트로이아를 정벌하면 통행세 없이 자유롭게 넘나들 수 있었다.

볼 빨간 헬레네를 되찾고 복수하겠다는 일념으로 활과 창으로 무장한 병사들을 가득 실은 군선 1000척이 속속 아울리스항★으로 집결했다. 아가멤논은 가장 먼저 항구에 도착해 있었다. 그는 먼 바다에서 가까운 바다로 속속 도착해 빼곡히 정박하여 닻을 내리고 있는 군선들을 보면서 팔뚝의 근육이 불끈 솟았다. 트로이아를 반드시 멸망시키겠다는 의지가 더더욱 불타올랐다.

그러나 그리스 최고의 위대한 영웅이 보이지 않았다.

"그는 어디에 있느냐?"

아가멤논이 부하들에게 물었다.

"그분의 군선은 오지 않았습니다. 소문에 의하면 참전하지 않으려고 어딘가에 숨었다고 합니다."

그들이 애타게 기다리던 장수는 바로 아킬레우스였다. 신들의 뜻에 따라 트로이아 원정대가 결성되었지만 아킬레우스는 합류하지 않고 숨어버렸다. 자신의 목숨을 지키기 위한 것이었다. 바다의 요정 테티스가 펠레우스 왕과 사이에서 낳은 아이가 아킬레우스다.

불화의 여신 에리스가 문제의 황금 사과를 떨어뜨린 곳이 바로 테티스와 펠레우스의 결혼식장이었다. 이 결혼식이 트로이아 전쟁의

여기서 잠깐!!

아가멤논은 아마 전쟁에 나설 병사들을 동원하기 위해 정교한 논리를 만들었을 거야. 백성들을 설득해야만 하기 때문이지. 트로이아의 망나니가 그리스의 왕비를 유혹해 데려갔는데도 가만히 있으면 그들이 또다시 와서 다른 그리스 여인들을 유혹할 거라는 식으로 설파했을 거야. 물론 그 이면에는 헬레네를 놓고 구혼자들이 맺은 약속이 있었지.

● ● ●

아울리스항은 테베에서 약 50킬로미터, 아테네에서 약 100킬로미터 떨어진 항으로 앞에는 큰 섬이 막고 있어서 만을 형성하는 곳이야. 그 섬을 돌아 나가야 에게해가 나타나지. 그리스 전역의 선단들이 몰려와 큰 바다의 파도를 피해 정박하고 전열을 정비해서 출동하기에는 딱이야. 스파르타에서는 조금 멀지만 메넬라오스는 기꺼이 이 항구에 와서 대전쟁을 준비했지.

불씨였던 셈이다. 인간과 결혼한 테티스는 아들이 언젠가는 죽을 수밖에 없는 인간의 운명을 짊어지고 살아가야 하는 것이 안타까웠다. 신들은 그녀에게 저승 세계를 흐르는 스틱스강에 갓난아이를 담갔다 꺼내면 신비로운 물의 힘으로 불사의 몸을 얻게 된다고 알려주었다.

테티스는 아이가 태어나자마자 스틱스강으로 데리고 갔다. 그녀는 아이를 강물에 빠뜨리지 않도록 발뒤꿈치를 잡고 담갔다 꺼냈다. 그 바람에 아이의 발뒤꿈치만은 스틱스 강물에 젖지 않았다. 하지만 그 사실을 깨닫는 순간 이미 때는 늦었다. 신들이 허락한 기회는 한 번뿐이었던 것이다. 그렇게 해서 아킬레우스의 발뒤꿈치는 치명적인 약점이 되었다. 아킬레우스의 발뒤꿈치가 항상 불안했던 테티스는 늘 신신당부했다.

"아들아, 너는 다른 곳은 다 신의 몸과 같으나 발뒤꿈치만은 인간의 것이니라. 그러니 절대 발뒤꿈치만은 적들에게 노출해서는 안 된다."

"명심하겠습니다, 어머니. 늘 조심할 테니 걱정하지 마세요."

아킬레우스가 씩씩한 소년으로 성장하자 아버지 펠레우스는 나이 많은 파트로클로스를 친구로 맺어주었다. 파트로클로스의 아버지 메노이티오스는 아킬레우스 집안과 친척이었다. 파트로클로스가 어릴 적 놀이를 하다 홧김에 암피다마스의 아들 클레소니모스를 죽이고 도망쳐 온 것을 펠레우스가 거두었다.

"너는 내 아들과 함께 테살리아의 케이론에게 가서 가르침을 받도록 하라."

케이론은 가슴 위쪽은 사람이고 아래쪽은 말인 켄타우로스였다. 아킬레우스는 켄타우로스 중에서도 가장 현명한 케이론에게 교육받았다. 케이론은 뛰어난 제자인 아킬레우스에게 모든 것을 가르쳐주었다. 아킬레우스는 말 타는 법은 물론 칼과 창 쓰는 법, 심지어 하프를 켜는 법까지 배웠다. 그리고 다른 소년들과 협력하는 법이나 전투 방법까지 섭렵했으니 오늘날로 말하면 전인교육이었다.

어느 날 케이론은 아킬레우스에게 말했다.

"이제 아버지가 계시는 궁으로 돌아가도 좋다. 더 이상 가르칠 게 없구나."

아킬레우스는 당할 자가 없는 천하무적의 용사가 되어 펠레우스의 궁으로 돌아왔다. 그런데 이때 공교롭게도 아가멤논의 소집 명령이 떨어졌다. 아킬레우스는 피 끓는 혈기로 참전을 원했지만 어머니 테티스는 아들이 이 전쟁에 나가면 죽을까 봐 아킬레우스를 스키로스섬으로 피신시켰다. 물론 예언가 칼카스는 아킬레우스가 참전하면 살아 돌아올 수 없다고 예언하기도 했다. 게다가 테티스는 아킬레우스가 트로이아에 가면 엄청난 명성을 얻지만 가지 않으면 오래 살 거라는 신탁을 받았다.

테티스는 리코메데스 왕에게 특별히 부탁했다.

"아킬레우스를 찾지 못하도록 여자로 변장시켜서 공주들과 함께 지내게 해주시오. 전쟁에 나가면 죽을지도 모르오."

"말씀을 새겨듣겠습니다."

테티스는 아들을 안전하게 지키고 싶었다. 아킬레우스는 그런 어머니의 명령에 응할 수밖에 없었다. 자신이 참전하면 죽을 운명이라고 하니 불효를 저지를 수는 없었다. 사실 테티스는 성질이 거친 아킬레우스를 고분고분하게 만드는 마법의 약을 먹였다. 그래서 전쟁의 기운이 그리스 전역을 뒤덮을 때도 아킬레우스는 리코메데스 왕의 딸들 사이에서 여장을 한 채 잘 지내고 있었다.

하지만 전쟁 영웅이 될 운명을 타고난 아킬레우스를 계속 숨겨놓을 수는 없었다. 아가멤논이 모든 배들을 이끌고 에게해를 새까맣게 덮으며 동쪽으로 항해하던 중이었다. 그리스 연합군은 물을 얻기 위해 마침 스키로스섬에 상륙했다. 그 섬에 아킬레우스가 숨어 있다는 소문이 나돌기도 했다.

리코메데스 왕은 트로이아 원정을 떠나는 연합 함대를 환영해주었다.

"어서들 오시오, 형제들이여. 물이든 무엇이든 필요한 것이 있다면 아낌없이 내주겠소."

그러자 아가멤논이 왕에게 물었다.

"이 섬에 아킬레우스가 있다고 들었소."

테티스의 부탁을 받은 리코메데스 왕이 보았다고 할 리 없었다.

"그 소문은 나도 들어 알고 있지만 직접 봤다는 사람은 없소. 아킬레우스가 여기 있다면 사람들의 눈에 띄지 않았을 리가 있겠소."

왕은 시치미를 떼고 말했다. 총사령관인 아가멤논은 낙심천만이었다. 그리스 최고의 예언가인 칼카스가 아킬레우스 없이는 트로이아를 점령할 수 없다고 예언했기 때문이다. 전쟁에서 이기려면 어떻게든 아킬레우스를 찾아서 데려가야 했다.

아가멤논은 배로 돌아와 장수들에게 의견을 물었다.

"이 섬에 아킬레우스를 숨겨놓은 것이 분명한데 말하지 않는다. 어찌하면 아킬레우스를 찾아낼 수 있겠는가?"

그러자 지혜로운 오디세우스가 입을 열었다.

"아킬레우스가 정말 여기에 숨어 있는지 한번 시험해보겠습니다."

오디세우스는 자신의 얼굴을 알아보지 못하도록 머리와 눈썹을 검게 칠했다. 마치 동양에서 온 장사꾼처럼 차려입은 그는 커다란 수레에 여자들이 좋아할 만한 물건을 잔뜩 싣고 리코메데스의 궁으로 들어갔다. 이곳저곳을 떠돌며 특이한 물건들을 파는 박물장수 행세를 한 것이다.

변장한 오디세우스는 궁전 앞마당에 수레를 세우고 물건을 늘어놓으며 말했다.

"자! 저기 먼 중국과 인도와 아라비아에서 가져온 희귀한 물건들이오. 모두들 나와서 구경해보시오."

박물장수가 왔다고 하자 공주들까지 여자들 모두 밖으로 나왔다. 아킬레우스도 머리에 베일을 쓰고 여장한 차림새로 나왔다. 마침 처소에만 있기도 답답하던 터였다. 봇짐이 풀리자 세계 각국에서 들여온 각종 신기한 물건들이 쏟아져 나왔다. 공주들은 자기가 좋아하는 것을 하나씩 집어 들고 요모조모 살펴보았다. 예쁜 금관이며 목걸이, 팔찌, 비단 치마 등 물건들은 순식간에 팔려나갔다.

공주들은 저마다 고른 물건을 몸에 대보거나 입어보며 즐거워했다. 하지만 딱 한 여인만이 아무런 관심을 보이지 않았다. 물건은 어느새 바닥나고 황금 징이 박힌 커다란 청동검 하나만 남았다. 여자들은 최고의 보검을 보고도 아무런 관심이 없었다. 다만 한 여인이 무심한 듯 다

아킬레우스

트로이아 전쟁에서 가장 강력한 전사였어. 그의 몸은 거의 무적이었지만, 유일한 약점이 발뒤꿈치였지. 자신의 친구가 죽자 크게 분노하며 싸움에 나섰고, 결국 자신의 약점인 발뒤꿈치에 화살을 맞아 죽고 말았어. 아킬레우스의 이야기는 아무리 강한 사람도 약점이 있을 수 있다는 것을 알려줘. 아킬레스건은 오늘날 치명적인 약점을 비유하는 말로 쓰이고 있어.

가와 청동검을 손에 쥐더니 허공에 대고 몇 바퀴 휘둘러보는 것이었다. 그것은 칼을 많이 다뤄본 무사의 솜씨였다.

그 순간 오디세우스는 눈치챘다.

"아킬레우스, 우리와 같이 싸우러 갑시다. 여인들 틈에 숨어서 정벌해야 할 적들을 외면하겠다는 것이오. 그렇게 해서 목숨을 부지하는 것이 진정한 영웅의 삶이라고 할 수 있겠소?"

그 말을 듣는 순간 아킬레우스는 베일을 벗어던졌다. 그는 청동검을 높이 쳐들며 말했다.

"이것이야말로 내 칼이오."

여인의 옷을 벗자 우람한 근육에 날카로운 눈매를 가진 아킬레우스가 나타났다. 연합군 장수들이 모두 몰려와 만세를 불렀다.

"만세! 만세!"

아킬레우스는 참전을 결심하자 가슴이 뜨거워졌다. 그는 사나이의 진정한 삶이 바로 이런 것임을 깨달았다.

오디세우스와 그의 동료들은 재빨리 아킬레우스에게 갑옷을 가져다주었다. 일순간 전사로 무장한 아킬레우스는 연합군 장수들 앞에서 선언했다.

"감히 그리스에 도전한 트로이아를 그대로 놔둘 수는 없소. 이 전쟁을 회피한다면 아녀자와 다름없소!"

아킬레우스는 펠레우스 왕의 궁으로 돌아가 엎드려 부탁했다.

"아버지, 저도 참전하겠습니다! 군대와 배를 내어주십시오!"

어머니 테티스는 울부짖으며 말렸다.

"안 된다! 너는 신들처럼 내 곁에서 영원히 살아야 한다. 그래서 내가 너를 불사의 몸으로 만들지 않았느냐."

하지만 아킬레우스의 결심은 확고했다.

"어머니, 저는 그런 안일한 삶을 원치 않습니다."

테티스는 이것이 신들이 정한 운명임을 알고, 한숨을 내쉬며 말했다.

"전쟁에 나가면 너는 죽을 수도 있다. 그런 운명이라도 받아들이겠느냐?"

"차라리 전쟁에 나가 명예롭게 죽겠습니다."

"물론 너는 영원히 사람들에게 잊혀지지 않을 명예를 얻게 될 것이다. 하지만 너는 수염이 하얘질 때까지 살지 못할 것이다. 다시는 아버지와 나를 만날 수 없다. 그래도 좋다는 말이냐?"

아킬레우스는 1초의 망설임도 없이 말했다.

"한 번뿐인 삶, 명예를 택하겠습니다."

그는 칼자루를 쥔 손에 힘을 주었다. 오디세우스가 여인의 물건들 사이에 숨겨놓았던 바로 그 칼이었다. 펠레우스 왕은 아들의 마음을 이해할 수 있었다. 이제 막 불타오르기 시작하는 용사의 마음을 막을 수는 없었다.

"사랑하는 아들아, 네가 용사의 길을 간다고 하니 이름에 부끄럽지 않게 싸워라!"

펠레우스 왕은 아킬레우스에게 배 50척과 군사들을 내주었다. 그리고 오랜 친구 파트로클로스도 함께 참전했다. 어머니 테티스는 눈물을 흘리며 아들의 몸에 갑옷을 입혀주었다. 대장장이의 신 헤파이스토스

가 펠레우스를 위해 만들어준 최강의 황금 갑
옷이었다. 아킬레우스는 선단을 이끌고 트로
이아로 향했다.

어마어마한 그리스 연합군의 선단들이 트
로이아를 멸망시키기 위해 에게해를 뒤덮으
며 나아갔다.★

여기서
잠깐!!

호메로스의 《일리아드》에 의하면
이때 1186척의 함선에 10만 명에
이르는 병사가 아울리스항에 모였
다고 해. 하지만 바람이 불지 않아
한동안 항구에 머물렀다는 거야. 일
설에 의하면 아가멤논이 예언가 칼
카스를 불러 해결책을 묻자 아르테
미스 여신의 분노로 출항하지 못하
는 것이니, 아가멤논의 딸인 이피게
네이아를 제물로 바치라고 했대. 아
르테미스 여신에게 가장 아름다운
열매를 바치겠다고 했던 약속을 아
가멤논이 지키지 않았기 때문에 여
신이 분노했다는 거야. 정상적인 사
람이라면 절대 실행하지 않을 일이
지만 큰 권력을 갈구했던 아가멤논
은 결단을 내리고 딸을 희생 제물로
바쳤다고 해.

4

운명의 라이벌

그리스 연합함대의 항해는 순탄하지 않았다. 거친 에게해를 헤치고 트로이아를 향해 나아가는 동안 때로는 순풍이, 때로는 역풍이 불어왔다. 그리스를 응원하는 신들도 있었지만 트로이아를 응원하는 신들도 있었기 때문이다. 눈을 뜰 수 없을 정도로 폭풍우가 몰아치기도 했고, 난데없이 나타난 해적들과 싸우는 일도 있었다.

온갖 어려움을 이겨내고 마침내 그리스 연합군은 트로이아 부근의 해안에 도착했다. 바다를 새까맣게 뒤덮은 그리스 군함들은 이제 새로운 전쟁을 눈앞에 두고 있었다.

"저 해안에 먼저 도착하는 자가 영광과 부와 명예를 차지하게 될 것이다."

각 나라의 왕들과 장군들은 부하들을 독려
했다. 노잡이들은 서로 빨리 도착하기 위해 있
는 힘껏 노를 저었다. 배들은 물 위를 미끄러
지듯 달려갔다.

가장 빨리 모래톱에 올라간 것은 프로테실
라오스*가 지휘하는 배였다. 그들은 아직 전
쟁을 시작하기도 전에 아군들끼리 경쟁하느
라 미처 주변을 살피지 못했다.

"우리가 일등이다!"

신이 난 프로테실라오스는 배에서 맨 먼저
내려 고운 모래밭에 첫발을 내딛었다. 그 순간
이었다. 이미 해변에 진을 치고 있던 트로이아
진영에서 화살이 빗발치듯 날아왔다.

"윽!"

가장 먼저 배에서 내린 프로테실라오스는
가장 먼저 죽고 말았다. 그가 쓰러진 모래톱은
붉은 피로 물들었다. 그는 트로이아 전쟁의 첫
희생자가 되어 기나긴 전쟁의 서막을 올렸다.

그리스 연합군에게 그의 죽음은 기름에 불
씨를 던진 것과 같았다. 상륙하자마자 날아온
화살에 용사가 쓰러지자 그리스 연합군의 분

테살리아의 용사야. 포세이돈의 후
손이라는 설도 있어. 그는 참전하기
전에 라오다메이아와 결혼했는데
결혼식이 원정 직전에 급하게 치러
지는 바람에 신들에게 제를 올리지
도 못하고 희생 제물도 바치지 않았
어. 그래서 신들이 분노했고 신탁에
의해 그가 전쟁에서 죽을 거라는 예
언이 나왔지. 그 역시 헬레네의 구혼
자 가운데 하나였고, 배를 40척이나
이끌고 참전했는데 말이야.

노가 하늘을 찔렀다.

"저자들을 살려둬서는 안 된다."

그리스군은 배에서 내리자마자 트로이아군을 향해 돌진했다.* 엄청난 살육전이 벌어졌다. 트로이아군은 잘 훈련되어 있는 데다 적의에 불타올라 공격해오는 그리스군을 막아내기에 무리가 있었다. 아무리 기다리고 있었다고는 하지만 철저히 준비하고 쳐들어온 침략군을 효과적으로 막아내는 건 어려운 일이었다.

"일단 후퇴하라. 저들의 기세를 꺾을 수가 없구나!"

트로이아군은 주춤하며 우선 성안으로 퇴각했다. 그사이 수백 척의 배들이 속속 해안에 상륙했다. 그들은 모래언덕이나 갈대밭 혹은 들판이나 나무 밑에 재빨리 막사를 짓고 진지를 꾸렸다. 오랜 기간 배를 타고 오느라 지친 그리스군은 육지에 도착했다는 안도감에 기분이 더욱 고양되었다.

배에 싣고 온 자재들을 내려 임시로 건물을 지었다. 커다란 집회장과 비를 피할 오두막도 짓고, 심지어 도로도 냈다. 트로이아의 해변에는 순식간에 작은 도시 하나가 만들어졌다. 그리스군은 이미 장기전을 염두에 두고 있었다. 하지만 이 전쟁이 얼마나 오래 이어질지는 알 수 없었다. 더구나 이 전쟁터에서 청춘을 보내게 되리라고는 미처 상상하지 못했다.

한편 본격적인 전쟁이 시작되자 트로이아군은 그리스의 기세에 적잖이 당황했다. 바닷가에 자리 잡은 천혜의 요새를 외적이 직접 쳐들어온 것은 처음이었다. 그들이 믿고 있는 것은 견고하게 쌓은 난공불락의 성뿐이었다.

　그리스 연합군은 사실 성을 공격해본 적이 없었다. 그들은 공성법도 알지 못했고 성벽을 타고 올라갈 줄도 몰랐다. 게다가 해안의 나라를 공격할 때는 동맹국에서 끊임없이 보급품을 보내주는 길목부터 차단해야 한다는 사실도 깨닫지 못했다. 그저 바다를 떠돌다가 쳐들어오는 해적의 싸움이나 별다를 게 없었다.

　트로이아 군사들도 제대로 전투를 치러본 적이 없었다. 그동안 지리적 이점으로 편안하게 통행세를 받으며 부를 쌓아왔을 뿐이었다. 성안에 있다 가끔 성문을 열고 나가 소규모 전투를 벌이는 정도였다. 트로이아와 그리스 모두 팽팽하게 대치한 채로 싸우면서 전략과 전술을 익혀나가야 하는 상황이었다.

　적들이 쳐들어와서 자신들의 바다와 들판에 진지를 친 것을 보고 가장 분노를 일으킨 것은 헥토르였다.

　"저 침입자들을 빨리 쫓아내지 않으면 우리는 발을 뻗고 잘 수가 없다!"

　트로이아군의 총사령관이자 왕의 맏아들인 헥토르는 군사들을 이끌고 성 밖으로 나가 그

여기서 잠깐!!

트로이아 전쟁은 사실 뚜렷한 명분이 있다거나 영토를 빼앗기 위한 싸움이 아니야. 일종의 해적질이라고 보는 설도 있어. 고대 그리스의 역사가이자 장군인 투키디데스는 산악지대가 많고 땅도 척박한 그리스가 풍요로운 트로이아의 재화를 뺏으려고 침략한 걸로 보았어. 트로이아는 4대 문명의 하나인 메소포타미아 문명과 히타이트 철기문명의 영향을 받아서 꽤 발달한 곳이었거든. 더구나 그리스의 해적들은 침략과 약탈을 수치스러운 것이 아니라 영광으로 여겼다는 거야. 그런데도 마치 정의를 실현하기 위해 트로이아 전쟁을 일으킨 것처럼 느껴지는 것은 트로이아 전쟁을 서사시(《일리아드》)로 기록한 호메로스가 그리스 사람이기 때문이지.

리스군과 전투를 벌였다. 상륙한 그리스군은 양면작전을 폈다. 트로이 아군을 성안에 묶어놓고 대치한 상태에서 작은 선단들은 인근 섬으로 쳐들어가서 가축을 빼앗아 양식으로 삼았다. 말은 전차를 끌게 했고, 여인들은 잡아다 노예로 부렸다. 해적과 같은 방식으로 공격해서 새로운 식민지를 만든 셈이었다.

이렇게 세월은 흘렀다. 양군이 대치한 상태에서 무려 10년의 시간이 훌쩍 지나갔다. 혈기 왕성하던 군사들도 조금씩 늙어갔다. 그때 작은 섬의 도시국가를 계속 습격하던 그리스군은 크리세섬에서 아름다운 처녀를 잡아왔다. 그 아름다운 여인 크리세이스는 아가멤논이 차지했다. 그는 전리품이 생길 때마다 가장 좋은 것을 맨 먼저 취했다. 크리세이스는 태양의 신 아폴론을 섬기는 사제의 딸이었다.

아버지 크리세스는 딸을 데려오기 위해 어둠을 타고 그리스 진영으로 가서 아가멤논에게 사정했다.

"몸값을 낼 테니 나의 딸 크리세이스를 돌려주십시오."

그러나 아가멤논은 거절했다.

"아폴론 신의 사제이면서 딸을 빼앗겼다니, 당신의 기도가 통하지 않았나 보군. 이 여자는 나의 노예로 삼겠다."

아가멤논은 부정(父情)을 짓밟고 모욕을 주어서 노인을 돌려보냈다. 크리세스는 눈물을 흘리며 돌아갔다. 그러나 딸을 뺏기고 그냥 물러설 아비는 이 세상 어디에도 없었다. 그는 아폴론 신전에 제물을 바치고 눈물로 하소연했다.

"신이시여! 우리 불쌍한 딸을 빼앗아간 저들에게 저주를 내리소서!"

아폴론은 자신에게 제를 올리는 사제의 슬픔과 고통을 외면하지 않았다. 갑자기 그리스 진영에 전염병이 돌기 시작했다. 예로부터 전쟁에는 전염병이 따르게 마련이었다. 낯선 곳에서 병사들이 뒤섞여 생활하다 보면 전염병은 자연스럽게 퍼져나갔다. 많은 군사들이 쓰러져 병력에 손실을 가져왔다. 밤낮없이 죽은 병사들을 불태우는 연기가 해변을 가득 메웠다.

아가멤논은 각국의 왕과 장수들을 모아놓고 대책을 강구했다.

"이게 어찌 된 일인가? 적들과 싸워보기도 전에 다 죽을 판이로구나."

그러자 그리스군 장수들이 조언했다.

"예언가 칼카스에게 가서 신탁을 들어보는 것이 좋겠습니다."

"당장 칼카스에게 사람을 보내라!"

심부름꾼은 곧바로 칼카스에게 달려갔다. 칼카스는 날카로운 눈빛으로 점괘를 풀고 신탁을 들었다.

한참 뒤 그는 입을 열었다.

"태양의 신 아폴론이 자신의 사제가 모욕당한 것에 분풀이하고 있는 것입니다."

"전염병이 아폴론 신의 저주라는 말입니까?"

"보이지 않는 은으로 만든 활로 열병이라는 화살을 쏘아대고 있습니다. 그 화살을 맞으면 열이 나고 기침을 하다가 결국은 피를 토하고 죽게 됩니다."

"어찌하면 좋겠소?"

"크리세이스를 아버지에게 보내십시오. 그녀를 돌려보낼 때까지 신의 분노는 수그러들지 않을 것입니다."

칼카스의 신탁을 전해 들은 아가멤논은 버럭 화를 냈다.

"뭐라고? 내 여자를 돌려보내라고?"

왕들과 장수들이 말했다.

"사령관이시여, 여자 하나 때문에 전군을 잃을 수는 없습니다. 어서 돌려보내시는 것이 옳습니다."

아킬레우스도 나서서 말했다.

"전염병이 멈추지 않으면 우리 군사 전체가 위태로울 것입니다."

그러자 아가멤논은 자신이 취한 여자만 돌려주기 아깝다는 생각이 들었다. 그는 아킬레우스가 취한 브리세이스를 떠올리며 말했다. 브리세이스는 미네스 왕의 아내인데 아킬레우스가 리르네소스를 기습 공격했을 때 데려온 여인이었다. 크리세이스와 브리세이스는 사촌 자매간이었다.

"아킬레우스! 내가 크리세이스를 돌려주는 대신 그대가 차지한 여인을 나에게 줄 수 있겠는가? 그리한다면 내 기꺼이 돌려보내겠다."

아가멤논의 억지스러운 말에 아킬레우스의 표정이 굳어졌다.

처음에는 아킬레우스도 눈물을 흘리며 슬퍼하는 브리세이스를 집으로 돌려보내고 싶은 마음도 있었다. 하지만 온정을 가지고 대해주자 브리세이스도 아킬레우스에게 마음을 열었다. 그들은 서로 사랑하게 되었고 아킬레우스는 그녀를 보호해주기로 마음먹었다. 심지어 브리세이스를 탐내는 자라면 아군이라도 그냥 두고 볼 수 없었다.

"아무리 사령관이지만 무례한 요구가 아닙니까?"

분노가 솟구친 아킬레우스가 당장 칼을 뽑으려고 할 때 아테나 여신이 조용히 그의 마음속에 속삭였다.

"사령관과 맞서지 말라. 같은 그리스 연합군끼리 싸워서는 안 된다."

아킬레우스는 자기들끼리 싸우면 전쟁에서도 패배한다는 것을 알고 있었다. 하지만 그렇다고 자신의 여인을 내줄 수는 없었다.

"사령관은 지금 억지를 부리고 있습니다. 다른 여인 때문에 벌어진 일의 책임을 나에게 떠넘기는 것과 마찬가지 아닙니까?"

그러자 나이 든 장수 네스토르★가 나섰다.

"아킬레우스 장군, 대의를 생각하시오. 우리 군사들이 죽어가고 있소. 여인 하나일 뿐이오. 여자들은 많지 않소? 사령관에게 맞서지 말고 그리스를 위해 양보해주지 않겠소?"

그러나 두 사람의 감정은 더 이상 돌이킬 수 없었다. 아킬레우스는 가장 젊고 무예도 가장 출중한 용사였다. 자신의 여인을 다른 사람이 취하겠다는 것은 자존심을 건드리는 일이나 마찬가지였다. 분노에 사로잡힌 아킬레우스는 앞뒤 가리지 않고 끝장을 보겠다는 듯이

여기서
잠깐!!

헤라클레스가 필로스를 습격해 넬레우스의 아들들을 다 죽였을 때 간신히 살아남은 아들이야. 젊을 때는 용사였고 늙어서는 지혜와 경험이 많은 사람이었어. 헬레네가 도망쳤을 때도 메넬라오스는 그에게 상의했고, 그 자신도 90척의 선단을 이끌고 참전했어. 전쟁이 끝나자 무사히 전리품을 챙겨 귀환한 몇 안 되는 영웅이지.

모욕을 퍼부었다.

"사령관은 전투에 직접 참여하지도 않으면서 병사들이 죽을힘을 다해 싸워서 가져온 전리품을 가만히 앉아 독차지하고 있지 않습니까? 그것도 가장 좋은 것을 말입니다."

아가멤논도 지지 않고 맞섰다.

"그것은 당연한 권리다. 나는 그리스 연합군의 총사령관으로서 그만한 자격이 있다. 너는 내 휘하에 있는 수많은 도시국가의 왕자일 뿐이다. 본분을 잊어버리는 자에게는 화가 미칠 것이야!"

"화가 미칠 테면 미쳐보라지."

아킬레우스는 인상을 쓰며 소리쳤다. 둘 사이에 결투가 벌어지기 직전이었다. 다른 장수들이 말리는데도 소용없었다. 흥분이 극에 달한 아킬레우스는 마침내 해서는 안 될 말을 하고 말았다.

"사령관께서는 나의 명예를 실추했습니다. 나는 더 이상 이 전쟁에서 어떤 역할도 맡지 않을 것입니다. 신들 앞에서 맹세하건대 명예가 회복되지 않는 한 전투에 나서지 않을 것입니다."

아킬레우스는 회의장을 박차고 나가버렸다. 그는 자기의 진영으로 돌아가 명령을 내렸다.

"너희는 어떤 전투에도 참여하지 마라! 우리가 목숨을 걸고 싸워봐야 모든 전리품은 사령관의 몫으로 돌아갈 뿐이다. 이것을 바로잡기 전에는 한 발짝도 움직이지 않을 것이다."

그날 이후 아킬레우스의 군대는 어떠한 전투에도 나서지 않았다.

아가멤논은 화가 치솟았지만 사령관으로서 본분을 잃지는 않았다.

그는 자신들이 애초에 이곳에 왜 왔는지를 생각해보았다. 트로이아를 함락하고 파리스를 죽여서 자신들의 명예를 되찾기 위해서이다.

그는 이를 악물고 명령을 내렸다.

"아폴론 신에게 제물로 바칠 짐승을 가져와라! 그리고 크리세이스를 나의 배에 실어라!"

그러고는 오디세우스를 불러서 일렀다.

"가장 지혜롭고 용맹한 오디세우스여, 사제에게 이 여인을 돌려주고 오시오. 그리고 아폴론 신의 분노를 잠재워 달라고 하시오."

오디세우스가 탄 배가 떠난 뒤에 아가멤논은 부하들에게 말했다.

"아킬레우스의 진영에 가서 브리세이스를 데려오너라! 나는 분명히 아킬레우스가 요구한 대로 여자를 돌려보냈다. 그러니 그의 여자를 차지할 권리가 있다."

부하들은 두려움에 떨며 아킬레우스의 진영으로 찾아갔다.

"여인을 데려오라는 사령관의 명령입니다!"

아킬레우스는 브리세이스를 뺏으러 올 것을 이미 예상하고 있었다. 하지만 같은 편에 있는 군사들을 죽이면서 저항할 수는 없었다. 자칫 모든 비난이 자기에게 쏠릴 수 있었다.

아킬레우스는 아무런 대답도 하지 않았다. 부관이 대신 브리세이스를 데려왔다. 브리세이스는 끌려가면서 눈물로 호소했다.

"장군이시여! 저를 이대로 보내시렵니까? 저는 장군에게 도대체 무엇입니까?"

하지만 아킬레우스도 어쩔 수 없었다. 아군끼리 전투를 벌일 수도 없는 노릇이었다. 그는 이를 악물고 참았다. 물론 아테나 여신이 그가 이성을 잃지 않도록 붙잡아주었다. 아킬레우스는 돌이 된 것처럼 아무런 행동도 취하지 않았다.

아름다운 브리세이스가 떠난 뒤에야 그는 바닷가로 달려가 모래톱에 주저앉아 통곡했다.

"으으으! 브리세이스!"

그때 바다의 요정인 은빛 발의 테티스가 아들의 울음소리를 들었다. 사랑하는 아들이 통곡하고 있는데 가만히 있을 어미가 있겠는가. 누구에게도 보이지 않는 안개가 되어 어머니는 아들의 머리와 등을 쓰다듬으며 다정하게 말했다.

"아들아, 왜 이리 우는 것이냐? 너의 울음소리에 내 가슴이 찢어지는구나."

"어머니! 이러한 모욕을 당하고 도저히 살 수가 없습니다!"

아킬레우스는 억울함과 고통을 호소했다. 슬픔에 사로잡히고 분노로 치를 떠는 아들을 보며 테티스도 가슴이 아팠다.

"어머니! 제우스 신에게 탄원해주세요. 트로이아가 한 번만 승리하게 해주세요. 제가 참가하지 않는 한 그리스가 이기지 못하게 해주세요. 그리하여 제 명예를 회복시켜주세요."

아킬레우스는 분이 풀리지 않는 목소리로 애원했다.

"알았다. 너의 소원을 들어주마."

테티스는 아들의 청을 들어주기 위해 당장 제우스 신에게 달려가고 싶었다. 하지만 신들의 아버지 제우스는 반대쪽 세계의 끝에 가 있었다.

테티스와 아킬레우스는 제우스가 돌아올 때까지 기다릴 수밖에 없었다. 그동안 아킬레우스는 자기의 진영에 틀어박혀 꼼짝도 하지 않았다.

한편 지혜로운 오디세우스는 정성껏 장만한 제물과 기도문을 준비하고 크리세이스를 예쁘게 단장해 그의 아버지에게 돌려보냈다. 오디세우스가 찾아갔을 때 크리세스는 웃으며 말했다.

"우리 딸을 돌려주었으니, 아폴론 신의 저주는 이제 다 풀렸습니다."

오디세우스는 다짐을 받았다.

"아폴론 신께 빌어주시오. 또다시 이런 일이 없도록 말이오."

"신께서는 이미 약속하셨습니다."

아가멤논의 입장에서는 모든 문제가 해결되었다. 전염병도 사라졌고 여인 하나를 보냈지만 그에 못지않은 아름다운 여인을 얻었다. 모두 기뻐하는 이 순간, 단 한 사람만이 가슴속에 분노와 원망을 품고 있었다. 그는 바로 아킬레우스였다.

5

맞대결

트로이아 전쟁이 시작되고 10년의 세월이 흘렀다. 두 나라 간의 전쟁은 지지부진하기만 했다. 과거의 전쟁은 최고의 장수들끼리 일대일로 싸워서 결판을 내는 경우가 많았다. 트로이아 전쟁도 그런 기회가 생길 뻔했다.

제우스가 자리를 비운 지 12일 만에 올림포스산으로 돌아왔다. 아킬레우스의 어머니 테티스는 부리나케 달려가 제우스에게 청원했다.

"트로이아군이 한 번만 이기게 해주세요. 트로이아의 멸망이 신들의 뜻인 것은 알고 있습니다. 하지만 내 아들의 명예도 중요합니다. 아킬레우스가 얼마나 대단한 인물인지 아가멤논과 그리스 연합군 장군들이 뼈저리게 느끼도록 해주세요."

"굳이 그럴 필요가 있을까?"

제우스는 썩 내키지 않았다. 어차피 트로이아가 멸망할 거라면 빨리 결판이 나는 것이 나았다. 그것이 신들도 온갖 애원과 청원을 덜 받고 덜 부대끼는 일이었다.

"저의 간절한 소원입니다. 제발 부탁을 들어주세요."

테티스의 부탁은 집요했다. 눈물까지 보이며 애원하자 제우스는 마지못해 약속하고 말았다.

"알았다. 너의 아들을 위해 트로이아군이 한 번은 이기게 해주겠다."

그러나 껍데기 속에 들어가 있는 조개처럼 성안에서 나오지 않는 트로이아군을 전장으로 내몰려면 어떻게 해야 한단 말인가. 제우스는 고민 끝에 아가멤논의 꿈을 통해 계시를 내리기로 했다. 신들이 흔히 쓰는 방식이었다.

그날 밤 막사에서 아가멤논은 깊은 잠이 들었다. 꿈속에서 노장군 네스토르가 모습을 드러냈다.

"대왕이시여! 전투 준비를 하십시오! 내일 트로이아를 공격한다면 승리할 것입니다. 트로이아 군대는 단번에 패배하고 말 것입니다. 제우스 신께서 약속하셨습니다."

아가멤논은 벌떡 일어났다. 어느새 새벽이었다. 꿈을 꾸고 나자 그는 갑자기 희망이 샘솟았다. 싸워서 이길 수 있다는 신의 계시를 받은 것 같았다. 그러나 가만히 생각해보면 꿈은 반대일 수도 있었다.

"나의 강한 열망이 신께 닿아 꿈속에서 승리할 수 있다는 계시를 내려주신 것일까?"

그는 부하들의 이야기를 들어봐야겠다고 생각했다. 그는 갑옷 대신 허름한 옷을 입고 나가 부하들을 모아놓고 꿈 이야기를 했다.

"꿈속에서는 제우스 신께서 나를 돕는다고 하셨는데, 어찌하면 좋겠는가?"

부하들은 쉽게 입을 열지 못하고 서로 눈치만 살폈다. 섣불리 먼저 도발했다가 패배할 경우에 그 막중한 책임을 감당하기 힘들었다.

그때 아가멤논의 머릿속에 묘안이 떠올랐다. 오랜 포위 공격에 지친 군사들의 마음 상태가 어떤지 알고 싶었던 것이다.

"우리가 지금 싸울 준비가 되어 있는지 궁금하구나. 이곳에 눌러사는 것도 아니고, 그렇다고 전쟁을 치르는 것도 아닌 상태가 오래 지속되어서 기강이 해이해진 부대가 있지 않겠는가."

"물론 그렇기도 합니다."

"그렇다면 막사를 모두 불태우고 배를 돌려 그리스로 돌아가겠다고 말해보라."

"왜 그렇게 하시려는 겁니까?"

"전쟁이 끝난 줄 알고 집으로 돌아가려는 군사들에게 갑자기 싸움이 끝나지 않았으니 돌아갈 수 없다고 얘기하면 화가 나지 않겠는가?"

"그렇습니다. 빨리 전쟁을 끝내야겠다는 생각이 솟구치겠지요."

"바로 그거다. 싸움만 끝나면 집에 갈 수 있다는 생각을 다시 일깨워서 힘을 북돋우고 전투 분위기를 살리는 것이다. 지금 병사들의 사기는 땅에 떨어져 있고, 고향의 처자식만을 그리워하고 있지 않은가? 지금 군사들에게 가서 고향으로 돌아간다고 전하라."

장수들이 귀향 소식을 알리자마자 군사들은 환호성을 올렸다.

"야호! 이제 집으로 간다!"

"만세! 드디어 살았다."

병사들은 괴성을 지르며 배를 향해 달려갔다. 발밑에서 먼지구름이 일 정도였다. 짐을 싸는 사람, 무기를 정리하는 사람도 있었다. 지휘관들조차 실태를 모른 채 기뻐 날뛰었다.

"드디어 고향으로 돌아가는구나!"

그런 병사들에게 찬물을 끼얹은 것은 오디세우스였다.

"모두 흥분을 가라앉혀라!"

그는 군사들을 막아섰다.

"왜 그러십니까? 고향으로 돌아간다는 명령이 떨어졌습니다."

"이렇게 오래도록 싸운 트로이아를 이대로 놔두고 간단 말이냐? 결판을 내기 전에는 돌아갈 수 없다. 너희는 사령관이 농담한 것을 가지고 이렇게 흥분하는 것이냐? 빨리 제자리로 돌아가라고 사령관께서 다시 명령을 내렸다!"

"증표를 보여주시오!"

오디세우스는 아가멤논이 준 황금 지휘봉을 흔들었다.

"이것이 바로 사령관이 너희를 제지하라고 보낸 지휘봉이다. 싸움이 끝나지 않았는데 집으로 돌아가는 병사가 어디 있느냐?"

병사들은 일순간 할 말을 잃고 침묵했다.

"이 기운으로 마지막 힘을 모아 트로이아를 점령해서 우리 것으로 만들자!"

하지만 아가멤논의 어리석은 꾀는 먹히지 않았다. 희망에 부풀었다가 다시 막사로 돌아간 병사들은 용기백배하는 것이 아니라 오히려 맥이 쭉 빠져버렸다. 사기가 오르기는커녕 되레 분위기만 해친 격이 되고 말았다.

병사들이 의도한 대로 움직이지 않는 상황에서 테르시테스라는 병사가 분을 참지 못하고 나섰다. 짧은 안짱다리에 등이 굽은 장애인이지만 명석한 두뇌를 가진 그는 연설을 시작했다.

"병사들이여! 지금 비겁한 장수들이 우리를 농락하고 있소! 저런 자들을 믿고 싸워야 한단 말이오? 오래도록 승부도 내지 못한 채 이대로 돌아간다고 하더니 또다시 농담이었다고 하지 않소. 이런 자들에게 우리의 목숨을 맡기느니 차라리 뿔뿔이 흩어져 도망치는 것이 낫겠소."

군사들이 웅성대기 시작했다. 군사들의 마음이 흔들리기 시작하자 오디세우스는 몹시 당황했다. 우선 테르시테스의 입부터 막아야 했다.

"감히 전쟁 중에 군대의 사기를 떨어뜨리는 자가 누구냐!"

장수들을 비난하는 테르시테스에게 격노한 오디세우스는 아가멤논의 지휘봉으로 그를 흠씬 두들겨 팼다.

"아이고! 살려주십시오! 살려주십시오!"

테르시테스가 온몸이 피투성이가 된 채 나뒹굴자 오디세우스는 내려다보며 말했다.

"적들과 싸울 용기라고는 없는 자가 사람들 선동은 잘하는구나!"

그러고는 병사들을 향해 큰 소리로 외쳤다.

"너희는 이런 말에 휘둘리지 말고 트로이아를 점령해서 저 안에 있는 황금과 여자와 술과 먹을 것을 모두 가지고 고향으로 돌아갈 생각을 하라! 그럴 자신이 있느냐!"

"예!"

"다시 한번 대답하라. 자신 있는가?"

"예!"

오디세우스는 단번에 병사들의 기세를 끌어올렸다.

"당장 나가서 싸우자! 죽이자! 트로이아를 함락하자!"

병사들은 흥분하기 시작했다. 이제 비로소 싸울 준비가 되었다.

오디세우스와 네스토르는 아가멤논을 대신해 전투 준비를 시켰다. 그리스군에는 갑자기 긴장이 감돌았다. 부대별로 말에 전차를 매달고 갑옷과 병장기로 무장했다.

그러고는 명령이 떨어지자 거대한 덩어리처럼 들판을 휩쓸고 트로이아 성을 향해 달려갔다.

한편 트로이아군을 이끄는 헥토르는 그리스 연합군이 몰려온다는 소식을 들었다.

"그리스군이 몰려오고 있습니다. 그런데 아킬레우스는 전투에 참여하지 않는다고 합니다!"

"그거 잘됐군."

헥토르도 트로이아군에 명령을 내렸다.

"우리도 나가서 싸우자! 이참에 저자들을 완전히 몰아내야 한다!"

오랜 포위로 지칠 대로 지친 트로이아 사람들도 제대로 싸워서 적을 무찌르는 것만이 살길이라고 생각했다.

헥토르가 지휘하는 트로이아 군사들도 성에서 나와 평원에 진을 쳤다. 양쪽의 군사들이 대치하고 있을 때 천방지축인 파리스가 나서더니 그리스군을 향해 소리쳤다.

"나는 트로이아의 왕자 파리스다!"

투구를 쓴 그는 두 자루의 큰 활을 들고 있었다.

"나에게 원한이 있는 자와 일대일로 싸워서 승부를 끝내자!"

메넬라오스는 이 전쟁의 원흉인 파리스를 응징할 기회를 놓치지 않았다.

"내 저놈을 당장 죽여서 일생의 치욕을 되갚아주겠다!"

파리스는 전차에서 내려 갑옷을 번쩍이며 앞으로 나아갔다. 이 순간을 기다리고 있었던 메넬라오스였다. 아내를 되찾아올 기회였다.

그러나 메넬라오스가 걸어 나오자 파리스는 호언장담하던 것과 달리 겁이 덜컥 났다. 증오에 불타는 메넬라오스의 얼굴은 마치 죽음의 사신 같았다. 무섭고 두려운 나머지 파리스는 슬금슬금 뒷걸음질을 쳐서 트로이아 군사들 속으로 숨어버렸다.

그 모습을 지켜보던 헥토르는 얼굴이 붉으락푸르락하며 소리쳤다.

"이런 겁쟁이 같은 놈이 다 있나! 여자를 꼬드길 줄이나 알았지, 용기라고는 없는 네놈은 차라리 태어나지 말았어야 했다."

주위의 병사들도 모두 파리스를 쳐다보았다. 여자 하나를 훔쳐 오는 바람에 이 모든 사달이 나지 않았는가. 하지만 그 장본인은 정작 겁에 질려서 아무것도 하지 못하고 있었다.

헥토르는 전령을 불렀다.

"그리스군의 진영에 가서 전해라! 파리스와 메넬라오스 두 당사자들의 일대일 대결로 이 긴 싸움을 끝내자고 하라!"

"알겠습니다!"

전령은 달려가서 아가멤논에게 말했다.

"저는 트로이아에서 온 사신입니다."

"무슨 일이냐?"

"헥토르 장군께서는 당사자인 파리스 왕자와 메넬라오스 왕의 일대일 대결로 이 전쟁을 끝내자고 하십니다."

"우리가 이기면 어떻게 하겠는가?"

"파리스 왕자가 진다면 헬레네 왕비를 금은보석과 함께 메넬라오스 왕에게 돌려보내겠다고 하셨습니다."

"메넬라오스 왕이 진다면?"

"그러면 헬레네 왕비는 트로이아에 남고 그리스 연합군은 배를 타고 본국으로 돌아가야 합니다. 이 조건을 받아들이시겠습니까?"

장수들은 모두 찬성했다.

"좋은 제안입니다. 사령관님, 받아들이십시오."

그렇게 하여 중론은 일대일 대결로 귀결되었다.

전령은 트로이아 진영으로 돌아가서 헥토르에게 말했다.

"그리스군이 우리의 제안을 받아들이겠다고 했습니다."

헥토르는 그 자리에서 트로이아 성안으로 사람을 보내 양 두 마리를 가져오라고 일렀다. 신에게 제를 올리고 일대일 대결을 할지 말지를 묻기 위해서였다. 하늘에서는 태양이 뜨겁게 작열하고 있었다. 파리스는 갑옷을 벗고 무장을 푼 채 결과를 기다렸다.

이때 헬레네는 성의 높은 망루에 올라 있었다. 처음으로 벌어지는 대규모 전투를 구경하기 위해서였다. 그곳에는 프리아모스 왕과 신하들도 함께 있었다. 헬레네는 자기 때문에 이 모든 일이 벌어졌다는 생각에 안절부절못했다.

원로들은 저마다 수군댔다.

"자고로 남자라면 아름다운 여인을 위해 목숨을 걸고 싸우기도 하는 법이지."

"차라리 파리스 왕자가 지는 것도 나쁘지 않아. 그러면 전쟁은 끝나고, 그리스 연합군과 저 여인은 자기네 나라로 돌아갈 테니까."

헬레네는 낯이 뜨거워 견딜 수가 없었다.

그러나 프리아모스 왕은 헬레네를 불러서 조용히 말했다.

"어쩌다 일이 이렇게 되었지만 네 잘못은 아니다. 우리가 싸우게 된 것도 다 신들의 뜻이 아니겠느냐!"

헬레네는 감격한 목소리로 말했다.

"자애로우신 왕이시여, 몸 둘 바를 모르겠습니다. 이런 전쟁이 벌어질 줄 알았더라면 차라리 죽음을 택할걸 그랬습니다. 파리스 왕자를 따라와서 수많은 사람들을 힘들게 하고 있으니 저의 선택을 후회할 뿐입니다."

"신경 쓰지 말거라."

"그냥 이대로 바다에 뛰어들고 싶습니다!"

"그런 생각은 접어두거라. 신의 뜻을 우리는 지켜볼 수밖에 없느니라. 그건 그렇고 너는 따로 할 일이 있다."

"제가 할 일이라니, 무엇입니까?"

"저기 있는 장수들과 왕들이 누군지 하나하나 설명해주어라."

"그런 일이라면 기꺼이 하겠습니다."

지혜로운 프리아모스 왕은 헬레네가 딴생각을 하지 못하도록 마치 경기의 해설자와 같은 역할을 하게 했다.

이윽고 평원에는 제단이 마련되었다. 양쪽에서는 각자 양을 죽여서 제물로 바치고 결과에 승복하겠노라고 맹세했다. 이 싸움으로 기나긴 전쟁의 결판이 나는 것이었다. 양쪽에서 공정한 심판을 볼 병사들이 나와 제비를 뽑았다. 누가 선공하느냐를 정하는 것이었다. 나뭇조각 두 개를 투구에 넣고 흔들었을 때 먼저 튀어나오는 쪽이 선공이었다. 헥토르가 투구를 흔들자 모든 사람들이 숨죽이며 지켜보았다. 이윽고 파리스의 나뭇조각이 튕겨져 나와 땅바닥에 떨어졌다.

"파리스가 선공이다!"

트로이아 쪽에서 함성이 터져 나왔다.

파리스는 황급히 갑옷을 입고 목숨을 건 결투를 준비했다. 그는 깊은 숨을 들이마신 뒤 날카로운 창을 어깨 뒤로 한껏 젖히더니 맞은편에 서 있는 메넬라오스를 향해 힘껏 날렸다. 빠른 속도로 날아온 창은 메넬라오스의 방패에 맞고 땅바닥에 떨어졌다. 소리만 요란할 뿐 상처 하나 주지 못했다. 선공의 기회를 놓친 것이다.

이번에는 메넬라오스의 차례였다.

"위대한 제우스여! 저의 환대를 배신하고 아내를 훔쳐 간 저 야비한 자를 처단하도록 도와주소서. 그 죗값을 치르게 하소서."

기도를 마친 메넬라오스는 있는 힘을 다해 창을 날렸다. 파리스는 빠르게 날아오는 창을 방패로 막았다. 그런데 창은 방패를 뚫고 갑옷까지 파고들었다. 파리스는 창이 꽂히는 순간 재빨리 몸을 비틀어 큰 상처를 입지는 않았다. 그 순간 메넬라오스는 두 손으로 칼을 쥐고 고함을 지르며 달려왔다.

"네 이놈!"

그는 칼을 번개처럼 휘둘러 파리스의 투구를 내리쳤다. 그러나 칼은 네 조각으로 부러져 땅바닥에 떨어졌다. 이제는 육탄전이었다. 메넬라오스는 먹이를 덮치는 사자처럼 파리스에게 달려들었다. 그리고 투구에 박힌 말총 장식을 붙잡고 그대로 생포해 그리스 진영으로 끌고 가려고 했다.

"네놈을 곱게 죽일 수는 없다. 생포해서 온갖 모욕을 치르게 하리라."

이대로 끌려간다면 파리스는 적진의 포로가 되는 것이었다.

"이거 놔라!"

파리스는 발버둥을 쳤지만 투구에 묶인 끈이 워낙 탄탄해서 빠져나올 수가 없었다. 이때 파리스를 죽게 놔둘 수 없었던 아프로디테 여신은 가까이 다가와 투구의 턱끈을 끊어버렸다. 순간 메넬라오스는 말총 장식을 잡은 채 벌러덩 나가떨어졌다. 그의 손에는 투구만 들려 있었다.

"이런 간사한 놈 같으니!"

메넬라오스는 들고 있던 투구를 그리스 진영으로 집어 던지고 다시 파리스를 잡으려고 돌아섰다.

"아니, 이자가 어디로 간 거지?"

파리스의 모습은 온데간데없었다.

"이게 어떻게 된 일인가?"

아프로디테는 파리스를 짙은 안개로 감싸 가장 안전한 프리아모스 왕의 궁전 깊은 방으로 데려다 놓았다.

"이 비겁한 자가 어디로 숨었단 말이냐. 어서 나와라. 신이시여, 비겁한 자를 보호하지 마소서. 당장 죽이게 해주소서."

그리스 군사들은 함성을 질렀다. 메넬라오스의 승리가 확실했다. 약속대로 한다면 헬레네를 데리고 고국으로 갈 수 있었다.

"와! 이겼다! 와! 이겼다!"

파리스는 어디론가 사라졌고, 승리의 함성은 메넬라오스의 것이었다. 헬레네는 좌절했다. 메넬라오스의 얼굴을 어떻게 봐야 할지 몰랐다. 메넬라오스에게 돌아가기는 죽기보다 싫었지만 두 나라 간의 약속을 지킬 수밖에 없었다.

그때 아프로디테는 헬레네 옆에 다가와 속삭였다. 그 누구도 여신을 알아채지 못했다. 아프로디테는 귓속말로 헬레네에게 속삭였다.

"나와 함께 가자. 파리스는 궁전에 데려다 놓았다."

그러자 헬레네가 대답했다.

"저는 파리스에게 갈 수 없습니다. 신께 맹세한 대로 저는 메넬라오스에게 돌아가야 합니다."

그렇게 되면 여신은 인간과의 약속을 지키지 못한 신이 된다. 결코 있을 수 없는 일이었다.

"신께 맹세한 것을 지키려는 네 마음은 알겠다. 하지만 그동안 내가 너에게 베푼 사랑을 증오로 바꾸지 마라. 트로이아 사람들의 마음을 돌리는 것은 어려운 일이 아니다. 곧 참혹한 주검들이 들판과 성을 가득 채울 것이다. 이 모든 일은 너로 인해 시작되지 않았더냐?"

무서운 협박이었다. 여신의 말을 거절하면 모두 다 죽여버리겠다는 뜻이었다. 헬레네는 얼굴을 가리고 여신을 따라 궁전으로 달려갔다. 파리스는 마치 여행을 다녀온 사람처럼 침대에 앉아 있었다. 얼굴에 투구 턱끈이 조였던 자국만 있을 뿐 몸도 다친 데 하나 없이 멀쩡했다. 헬레네는 그를 본 순간 화가 나서 소리쳤다.

"비겁하게 도망칠 바에는 차라리 메넬라오스의 손에 죽어버리지 그랬어요? 당신은 죽었다 깨어나도 그 사람을 따라갈 수 없을 거예요. 당신이 싸우다 죽었더라면 멋진 사내로 남았을 텐데 말이에요."

파리스는 화를 내는 헬레네를 붙잡고 말했다.

"그러지 마시오. 나도 너무 힘들어요. 다음에 싸울 때는 반드시 메넬라오스를 해치우겠소. 나는 여전히 당신을 사랑하고 있소."

"당신은 싸움의 결과에 승복하겠다고 신들께 맹세했어요. 당신이 도망치는 바람에 나는 다시 메넬라오스의 여자가 되었다고요. 이제 나는 당신의 여자가 아니에요."

헬레네는 돌아서서 떠날 준비를 했다.

이 모든 것을 지켜보고 있던 아프로디테는 고민에 빠졌다. 트로이아 왕국의 패배로 전쟁이 끝나면 헬레네는 자기네 나라로 돌아간다. 그러면 자신이 파리스에게 세상에서 가장 아름다운 여인을 주겠다는 약속은 깨진다. 인간에게 한 약속을 지키지 못하는 신은 더 이상 그 존재를 인정받지 못한다.

아프로디테는 이대로 두고 볼 수 없었다.

"신으로서 체면이 깎이는 일은 절대 있어서는 안 돼. 다른 신들과 인간들에게 비웃음을 살 수는 없어."

아프로디테는 갑자기 파리스를 10년 전의 모습으로 돌려놓았다. 얼굴에 주름살이 펴지고 풍성한 흑발의 잘생긴 청년 파리스가 헬레네에게 애원하고 있었다. 젊은 파리스의 모습을 보자 헬레네는 다시 가슴이 뛰었다.

"오! 파리스. 당신은 나쁜 사람이에요. 이렇게 아름다운 당신을 두고 나 혼자 떠날 수는 없어요."

헬레네는 그의 품에 안겼고, 두 사람은 영원히 트로이아 성에서 살기로 약속했다.

신들은 이대로 전쟁이 끝나는 것을 허락하지 않았다.

6

비겁한 파리스

트로이아와 그리스 연합군은 우선 휴전을 선언하고 파리스와 메넬라오스 두 사람의 결투로 승패를 결정해서 전쟁을 마무리하기로 했다. 양측 모두 결과를 받아들이고 약속을 지킨다면 그대로 전쟁을 끝내고 행복한 결말을 맞이할 수도 있었다. 그러나 신들은 그것을 원하지 않았다. 특히 아테나 여신은 이 휴전협정을 깨뜨려야겠다고 생각했다.

'이대로 전쟁을 끝낸다고? 그럴 수는 없지.'

신들의 원한과 앙금도 인간들 못지않게 오래 남았다. 아테나 여신은 자신을 선택하지 않은 파리스를 어떻게든 파멸시키고 싶었다. 여신은 트로이아 동맹군으로 참전한 제레이아의 왕 판다로스에게 다가가 속삭였다.

"이 전쟁에서 공을 세우고 싶지 않은가? 그렇다면 헬레네를 데려가려고 이 사달을 일으킨 메넬라오스를 활로 쏘아 죽이면 되지 않겠는가. 저기 저 사람만 죽이면 모든 일이 끝나는 거야. 그러면 자네는 전쟁을 끝내는 멋진 영웅이 되지."

판다로스는 그 말이 맞다고 생각했다. 아내를 찾겠다고 에게해 전체를 전쟁의 소용돌이로 몰아넣은 메넬라오스만 제거하면 더 이상 싸울 이유도 없다. 그리고 자신은 트로이아를 구한 위대한 영웅이 될 수 있다.

사람들은 싸워야 할지 말아야 할지 갈피를 잡지 못하고 있었다. 그 와중에 판다로스는 커다란 활에 화살을 걸어서 방심하고 있는 메넬라오스를 향해 날렸다. 번개처럼 날아간 화살은 갑옷을 입은 메넬라오스의 가슴에 명중했다.

"윽!"

불시에 기습을 당한 메넬라오스는 피를 흘리며 쓰러졌다. 이 소식은 곧바로 아가멤논에게 전해졌다.

"사령관님, 메넬라오스 왕께서 트로이아 측에서 쏜 화살에 맞았습니다. 트로이아 군사들이 먼저 휴전협정을 깬 것입니다."

메넬라오스가 죽는다면 전쟁의 명분이 없어진다. 아가멤논의 입장에서도 당연히 동생이 죽지 않기를 바라겠지만, 전쟁을 이대로 끝낼 수는 없었다. 그렇게 되면 트로이아 동맹군은 자신들이 승리했다고 기뻐 날뛸 것이다.

"신들이시여! 어찌하여 이런 수모를 저에게 주십니까?"

아가멤논은 곧장 메넬라오스에게 달려갔다. 메넬라오스는 가슴에 화살이 박힌 채로 누워 있었다. 그는 불안해하는 아가멤논을 오히려 위로했다.

"형님, 걱정하지 마십시오. 다행히 갑옷을 입고 있어서 상처가 깊지 않습니다."

화살촉만 살짝 가슴을 파고 들어간 정도였다.

"화살촉을 빼고 상처가 아물면 금방 다시 싸울 수 있습니다. 형님, 이대로 고향에 돌아갈 생각은 절대 하지 마십시오."

아가멤논은 부하에게 소리쳤다.

"어서 의사를 불러라!"

그리스 최고의 의사 마카온*이 메넬라오스의 상처를 살펴보더니 말했다.

"이 정도는 금방 회복할 수 있습니다. 상처만 잘 치료하면 됩니다."

마카온이 독한 술을 부어 소독한 뒤 화살촉을 뽑아내고 붕대를 감아 강하게 압박했다. 메넬라오스는 상처가 어느 정도 아물 때까지 누워 있어야 했다.

이로써 두 나라 간에 휴전협정은 깨지고 말았다. 먼저 도발한 것은 트로이아가 분명했다.

"휴전은 끝났다. 비겁한 트로이아를 용서할 수 없다. 더 이상 물러나지 않겠다. 저들이 죽거나 우리가 죽거나, 둘 중 하나만 살아남을 때까지 싸울 것이다."

아가멤논이 사자처럼 외쳤다. 전투를 알리는 뿔나팔 소리가 어지럽게 울려 퍼졌다. 10년 동안 대치한 채로 전쟁을 질질 끌어오던 두 나라가 드디어 제대로 맞붙는 계기가 되었다.

아테나는 전쟁의 여신답게 사방을 들쑤시고 다녔다. 그녀가 가는 곳마다 군사들의 함성이 치솟았다. 마침내 양측의 군대는 평원으로 진격했다. 양쪽 모두 군기를 바로잡고 북을 치며 사기를 북돋웠다. 그리스 연합군은 분노를 삭이며 기회를 엿보았다.

"돌격해라!"

마침내 전쟁이 다시 시작되었다. 트로이아군은 그동안 억눌렀던 원한을 풀기라도 하듯 전차와 말들을 몰고 평원을 질주했다. 방패와 방패가 부딪치고 칼과 창이 날아다녔다. 양쪽 군사들은 있는 힘을 다해 싸웠다. 치고 박고 밀고 당기며 서로를 베고 찔렀다. 사방에서 화살과 돌멩이, 창이 날아와 병사들의 몸을 관통했다.

아군인지 적군인지조차 분간할 수 없을 정도로 뒤엉키고, 보병과 전차병 할 것 없이 육탄전이 벌어지는 아비규환이었다. 창에 찔리고 화살에 맞아 쓰러진 병사들이 흘린 붉은

여기서 잠깐!!

마카온 역시 헬레네의 구혼자 가운데 한 명이야. 30척의 선단을 이끌고 참전했지. 그는 아버지인 의술의 신 아스클레피오스에게 의술을 물려받았어. 그래서 전투에는 가담하지 않고 후방에 배치되어 장수와 병사들이 부상을 입으면 치료하는 역할을 했지.

피가 대지를 적셨다. 피비린내 나는 전투가 이어졌다.

그리스의 용사 디오메데스*는 죽음에 걸신들린 자와 같았다. 그는 닥치는 대로 적들을 무찔러 쓰러뜨렸다. 마치 낫을 휘두르며 풀을 베는 것과 같았다. 판다로스는 이것을 보고 참을 수 없었다.

"내 저자를 죽이고야 말겠다."

판다로스가 있는 힘껏 쏜 화살은 디오메데스의 어깨에 꽂혔다. 다행히 화살이 깊숙이 박히지는 않았다.

부하들이 달려와 화살을 뽑고 그 자리에 약초를 뿌린 뒤 붕대를 동여매자 디오메데스는 그대로 다시 일어났다. 그는 자신에게 활을 쏜 자의 얼굴을 또렷이 보았다. 그는 곰이 늑대를 쫓듯이 달려가 판다로스의 얼굴을 창으로 찔러버렸다. 전쟁이 재개되는 원인 제공자였던 판다로스*는 그렇게 공로도 세우지 못하고 죽었다.

이때 트로이아의 사령관 헥토르는 그리스 군대가 더 이상 밀고 들어오지 못하도록 부하들을 독려했다.

"그리스 군사들을 바다까지 밀어붙여야 한다! 저들을 바닷속에 수장시켜라."

트로이아군은 천신만고 끝에 그리스 연합군을 바다까지 밀고 갔다. 더 이상 밀린다면 바다에 빠져 죽을 수밖에 없었다. 그러나 그리스 연합군도 가만히 있지 않았다.

"이대로 밀려나서는 안 된다. 계속 전진하라. 후퇴하는 자는 내가 목을 치겠다!"

그리스 연합군을 이끈 것은 오디세우스와 디오메데스였다. 그들은 용맹한 군사들을 독려하여 다시 전세를 뒤집으려고 애썼다.

그리스 연합군이 기세를 끌어올리며 전진하자 저녁 무렵 드디어 전세가 역전되었다. 한 번 밀려나기 시작한 트로이아 연합군은 어느새 성벽을 등지고 싸울 정도로 수세에 몰렸다.

트로이아 측은 새로운 전략을 모색해야 했다. 이때 궁에서 점술사 하나를 헥토르에게 보냈다. 점술사가 황급히 달려와 헥토르에게 말했다.

"잠시 궁으로 들어가서 방법을 강구해야 합니다. 전세가 너무 불리합니다."

헥토르는 뭔가 조짐이 안 좋다는 것을 느끼고 부장인 아이네이아스를 불렀다.

"잠시 궁에 다녀올 테니 군대를 지휘하고 있어라."

점술사는 함께 걸음을 옮기며 말했다.

"이대로 싸우면 신들의 뜻에 의해 패배하게 됩니다. 신들에게 도움을 청하시지요."

지금은 어떤 도움이라도 받아야 할 상황이었다.

궁으로 들어가자 어머니 헤카베 왕비가 기

여기서 잠깐!!

디오메데스는 아르고스의 왕이야. 역시 헬레네의 구혼자 가운데 한 사람으로 막강한 전사였어. 심지어 전쟁의 신 아레스와 싸워서 이길 정도였지. 게다가 논쟁도 잘하고 화도 잘 내는 다혈질이었어. 치열한 트로이아 전쟁에서 살아남았다는 것만으로 대단한 능력을 인정할 만해.

● ● ●

트로이아를 지원하러 온 제레이아 군대의 지휘관이야. 그는 리카온의 아들인데 젊었을 때 아폴론에게 활쏘기를 배워서 나름 명궁이었어. 전쟁이 나자 아버지가 말리는데도 공명심에 보병부대를 이끌고 참전했지. 그런 자이기에 아테나 여신의 부추김에 쉽게 넘어가서 결국 다시 전쟁이 벌어지고 자신도 죽게 돼. 예나 지금이나 공명심이 지나치면 남들에게 큰 피해를 주지.

다렸다는 듯이 포도주 한 잔을 헥토르에게 권했다. 갈증이 나던 터에 헥토르는 포도주를 들이켜고 정신을 차렸다. 헤카베는 부드러운 목소리로 말했다.

"헥토르, 어서 신들에게 제물을 바쳐라. 제를 올리고 우리를 구해달라고 기도하는 수밖에 없구나."

"아닙니다, 어머니. 제 손으로 이미 많은 사람들을 죽였습니다. 제를 올리는 것으로 전세를 뒤집을 수는 없습니다."

"아, 그렇다면 어찌해야 한단 말이냐?"

헤카베는 절망적인 목소리로 물었다.

"점술사가 이르기를 보석이 박힌 옷을 모두 모아서 아테나 신전에 있는 여신상의 무릎에 놓고 기원하라고 합니다. 이 모든 싸움은 아테나 여신의 분노에서 비롯된 것입니다. 전세가 불리한 것은 아테나 여신이 그리스를 돕고 있기 때문입니다."

"그렇다면 아테나 여신에게 기도를 올려야겠구나."

헥토르는 간곡하게 말했다.

"여신께 잠시라도 숨을 돌릴 수 있도록 자비를 베풀어달라고 기도해주세요. 트로이아 백성도 여신의 백성이라고 간곡히 호소해주세요."

헤카베는 아들의 손을 꼭 잡고 약속했다.

"알겠다. 내가 할 수 있는 것은 무엇이든 하마."

헥토르는 어머니에게 이르고 다시 전쟁터로 나가려 했다. 그러다 문득 이 전쟁의 원인인 동생 파리스와 헬레네가 어떻게 하고 있는지 궁금했다. 마음 같아서는 헬레네에게 지금이라도 당장 자기네 나라로 돌아가라고 소리치고 싶었지만 이미 엎질러진 물이었다.

헥토르는 파리스가 헬레네와 함께 지내는 별궁으로 발걸음을 옮겼다.

이때 파리스는 별궁 맨 꼭대기에 틀어박혀 갑옷도 입지 않은 채 장난 치듯이 활을 만지작거리고 있었다. 마치 전쟁에 나가면 수많은 병사들을 쏴 죽이기라도 할 것 같은 자세였다. 헬레네는 시녀들과 함께 베틀 앞에 앉아 커다란 벽걸이를 짜고 있었다.

문간에 서서 파리스의 모습을 본 헥토르는 눈이 뒤집힌 듯 외쳤다.

"네 이놈! 파리스."

파리스는 깜짝 놀라서 일어났다.

"혀, 형님 오셨습니까?"

"저 성벽 밖에서 수많은 백성들과 군사들이 죽어가고 있는 것이 안 보이느냐? 더구나 이 모든 것이 10년 전에 네가 저지른 일 때문이 아니더냐?"

헥토르는 격노한 목소리로 말했다.

"당장 나오지 못하겠느냐. 무기를 가지고 장난치지 말고 직접 나가서 싸워라. 갑옷을 입고 부하들과 함께 피를 묻히란 말이다."

파리스는 겸연쩍은 얼굴로 말했다.

"형님 말이 다 맞습니다. 하지만 제가 비겁해서 이곳에 와 있는 것이 아닙니다. 제가 저지른 일 때문에 수많은 병사들이 죽고 우리 트로이아가 위기에 빠진 것은 너무나 안타깝습니다. 그래서 정신을 가다듬고 나면 다시 힘을 내서 싸우러 갈 것입니다."

그러고는 헬레네를 돌아보면서 말했다.

"헬레네도 저를 비겁하다고 비난했습니다. 제가 다시 싸우러 나가지 않는다며 저렇게 냉랭하게 베틀만 돌리고 있지요."

헬레네는 미안하고 죄스러운 마음에 돌아보지도 않고 말했다.

"저는 운명에 이끌려서 이곳에 왔습니다. 하지만 저도 비겁한 사내 옆에는 있고 싶지 않습니다."

헬레네도 파리스의 행동에 실망하고 있었다.

헥토르는 조금 누그러진 목소리로 말했다.

"이제 시간이 없소. 죽기 살기로 싸워서 결판을 내야 하오. 저 어리석은 파리스에게 갑옷을 입혀서 나가 싸우게 하시오. 내가 성문을 나갈 때 함께 나가 군사들에게 희망과 용기를 주도록 말이오."

그러고 나서 헥토르는 자신의 처소로 달려갔다. 아내를 보기 위해서였다. 어쩌면 마지막이 될지도 모를 일이었다.

"안드로마케, 어디 있소?"

그러나 아내의 모습은 보이지 않고 시녀가 말했다.

"왕자님께 무슨 일이 생겼을까 봐 걱정되어 망루에 올라가셨습니다."

헥토르는 가슴이 미어지는 것 같았다.

"그리스 연합군이 밀고 들어온다는 소식을 듣고 나가셨습니다."

헥토르는 밖으로 나와 성문 위쪽을 보았다. 안드로마케가 아들 아스티아낙스를 안고 있었다. 그녀는 걱정이 가득한 얼굴로 성 밖을 살피며 남편을 찾고 있었다. 헥토르는 계단을 재빨리 올라갔다.

"안드로마케, 여기 있었구려!"

안드로마케는 남편의 목소리를 듣고 고개를 돌렸다.

"헥토르, 무사하셨군요."

안드로마케는 헥토르의 손을 붙잡고 울기 시작했다.

"전쟁에 나가지 마세요. 이번에 나가면 다시는 못 돌아올 것입니다."

그녀는 남편을 잃을 것 같은 불길한 예감이 들었다.

"그럴지도 모르지. 마지막이 될지도 모르니, 당신 얼굴을 한 번이라도 보려고 잠시 궁에 들어온 것이오."

안드로마케는 울먹이면서 말했다.

"안 됩니다. 나는 아버지도 없고 어머니도 없지 않습니까? 저한테는 오직 당신뿐입니다. 당신은 나의 아버지이자 어머니, 오라버니나 마찬가지입니다. 당신마저 떠난다면 이 세상에 나 혼자 남게 됩니다. 나 혼자 어찌 살아갈 수 있겠습니까? 우리 아들을 불쌍하게 여겨주세요. 우리 가족이 함께 행복하게 살 수는 없는 건가요?"

헥토르는 비참한 표정으로 고개를 저었다.

"당신과 함께 있고 싶은 마음은 나도 마찬가지요. 하지만 나의 운명은 그것을 허락하지 않는구려. 당신을 사랑하지 않아서가 아니오. 트로이아가 멸망할 때가 다가오고 있소. 내가 죽는 것은 두렵지 않소. 다만 그보다 더 두려운 일이 있소."

"그게 무엇입니까?"

"우리가 이 전쟁에서 지면 당신이 그리스인들의 노예로 끌려가 모르는 사람 밑에서 베를 짜고 우물물을 퍼 나를 생각을 하니 가슴이 찢어지는 것 같소. 나는 끌려가면서 통곡하는 당신의 울음소리도 듣지 못할 것이 아니오."

"그런 말씀 마세요. 흑흑흑!"

헥토르는 아들을 받아 안았다.

"으아앙!"

아들은 갑옷을 입고 투구를 쓴 아버지의 모습이 무서운지 울음을 터트렸다. 어쩌면 온몸에 죽음의 기운이 드리워 있어서인지도 모른다. 헥토르가 투구를 벗어서 내려놓자 아들은 비로소 웃었다. 헥토르는 아이의 뺨에 입을 맞추고 꼭 끌어안았다. 그리고 터져 나올 것 같은 눈물을 겨우 참으며 신들에게 기도를 올렸다.

"신들이시여! 저는 죽을 운명이지만 이 아이만은 지켜주십시오!"

헥토르는 기도를 마친 뒤 안드로마케를 꼭 끌어안고 말했다.

"울지 말아요, 안드로마케. 이것이 나의 숙명이니 받아들일 수밖에 없소. 그러니 여기 이렇게 있지 말고 궁으로 돌아가서 당신의 본분을 다하시오."

헥토르는 더 이상 연연할 수 없었다. 그는 다시 전쟁터로 나가기 위해 투구를 쓰고 망루를 내려왔다. 밑에는 갑옷을 입은 파리스가 기다리고 있었다.

7

평화의 사절단

헥토르와 파리스 형제는 아무 말 없이 성문을 나섰다. 방금까지 서로를 원망하던 분위기가 아니었다. 눈앞에 큰 전쟁이 벌어지고 있는 상황에서 형제간의 갈등은 중요하지 않았다. 그들이 성 밖으로 나와 본진에 합류하자 트로이아군의 사기는 하늘을 찌를 듯했다.

"총사령관님이 돌아오셨다. 파리스 왕자도 오셨다. 다시 적들을 물리치러 나가자!"

트로이아 병사들은 다시 힘을 끌어모아 그리스 연합군들을 밀어붙이기 시작했다. 승리가 눈앞에 있다고 생각하던 그리스군은 트로이아군의 기세에 당황했다.

"밀리지 마라! 절대 밀려나서는 안 된다!"

아무리 방어해도 지금 막 기세를 타고 달려드는 트로이아군을 막기는 힘들었다. 그리스 연합군은 다시 해안가 쪽으로 밀려나 곧 바닷가로 후퇴할 지경이 되고 말았다.

이것을 보고 가장 마음이 불편한 것은 바로 아테나 여신이었다. 여신은 자신이 지원하는 그리스군이 바다 앞까지 밀려나는 것을 보고 화가 치솟았다. 하지만 헥토르의 부탁에 따라 그의 어머니 헤카베가 자신의 신전에 제물을 바치고 눈물로 간절히 호소하자 마음이 살짝 풀리기는 했다.

"좋다. 오늘 싸움은 이 정도로 마무리해야겠다."

하지만 이 전쟁을 빨리 끝내는 방법은 파리스와 메넬라오스가 했던 일대일 대결이었다. 아테나 여신은 헥토르에게 가서 속삭였다.

"수많은 사람들이 희생할 필요 없다. 그대가 나서서 결전을 벌이는 것이 어떻겠는가?"

여신의 속삭임은 헥토르의 머릿속에 생각으로 떠올랐다.

'이러다간 전쟁이 끝나지 않고 또다시 지지부진해질 거야. 그러면 수많은 사람들이 죽게 되겠지. 하루라도 빨리 전쟁을 끝내야 해. 그렇다면 내가 직접 나서서 결판을 내야겠다. 메넬라오스와 파리스처럼 어중간하게 끝내지는 않겠다. 일대일로 싸워서 확실하게 이 전쟁을 종식시켜야 해.'

헥토르는 결단을 내리고 소리쳤다.

"당장 전투를 중단하라!"

트로이아군은 잠시 공격을 멈췄고, 곧바로 헥토르는 그리스군에 사신을 보냈다.

"그리스 진영으로 가서 아가멤논에게 전하라. 나와 결투를 치를 사람을 하나 내보내라고!"

사신이 적진에 가서 이 사실을 전했다. 그리스군도 계속되는 희생을 원치 않았다.

그때 헥토르가 대치하고 있는 벌판 한가운데 나섰다.

"나와 단둘이 싸울 자는 나와라! 둘이 결판을 내자! 무고한 사람들을 희생시킬 필요 없지 않은가!"

이 말을 들은 메넬라오스가 또다시 나섰다.

"형님! 제가 나가겠습니다!"

하지만 아가멤논은 허락하지 않았다.

"너는 아직 부상이 회복되지도 않았다. 지금 나가는 것은 무리다. 우리 그리스 진영에는 너보다 더 강한 장수들이 많다."

하지만 아가멤논은 메넬라오스가 부상을 입지 않았다 하더라도 무공에 있어서 헥토르를 당할 수 없다는 것을 알고 있었다.

"누가 나갈 것인가?"

장수들이 서로 나가겠다고 하자 결국 제비뽑기를 하기로 했다. 투구에 나뭇조각을 넣고 흔들자 가장 먼저 튕겨 나온 것은 바로 그리스군 중에 가장 키가 크고 힘이 센 살라미스의 아이아스 왕이었다. 그를 능가할 장수는 아킬레우스밖에 없을 정도였다. 그야말로 헥토르의 맞수가 되기에 충분했다. 아이아스*는 주먹을 불끈 쥐며 기뻐했다.

"드디어 공을 세울 기회가 왔다!"

천하의 용장인 헥토르를 꺾는다면 자신의 명예가 빛날 것이다.

이윽고 대결을 펼칠 준비가 끝났다. 아이아스는 결투를 벌일 장소로 씩씩하게 걸어갔다.

헥토르와 아이아스는 최고의 무기와 갑옷으로 무장하고 마주 섰다. 그들은 싸움을 시작하기 전에 상대방의 기를 꺾기 위해 모욕적인 말을 쏟아냈다.

"헥토르! 지질한 동생을 대신해서 형이 나온 것이냐! 두 놈 다 내 창으로 한 번에 꿰뚫어 산적을 만들어주겠다!"

아이아스의 말에 헥토르도 웃음을 터뜨리더니 소리쳤다.

"아하! 총사령관인 아가멤논이 안 나오고 네가 나왔느냐? 어디 한번 실력을 보자!"

아이아스는 방패를 쳐들고 외쳤다.

"먼저 창을 던져라. 얼마든지 막아주마."

아이아스는 자신 있었다. 청동에다 소가죽을 일곱 겹이나 씌운 큼지막한 방패를 들고 있었기 때문이다. 그동안 그 방패를 뚫은 창은 하나도 없었다. 헥토르는 창을 불끈 쥐고 있는 힘을 다해 날렸다. 바람을 가르며 날아온 창은 아이아스의 방패에 그대로 꽂혔다. 여섯 겹의 소가죽을 뚫고 일곱 번째 소가죽에 박힌 것이다. 아이아스에게는 전혀 해를 입히지 못했다.

이번에는 아이아스가 던질 차례였다.

"자, 내 창을 받아라!"

아이아스도 힘껏 창을 던졌다. 창이 방패를 뚫자 헥토르는 본능적으로 몸을 비틀었다. 창은 가슴 부위의 갑옷까지 뚫었으나 창끝이 가슴에 살짝 흠집만 냈을 뿐이다.

"어서 덤벼라!"

창으로 승부가 나지 않자 두 사람은 칼을 들고 맞붙었다. 아이아스는 헥토르의 목을 겨냥해 칼을 휘둘렀다. 헥토르의 목에서 피가 흘렀다. 헥토르도 반격했지만 그의 칼은 아이아스의 방패를 스쳤을 뿐이다.

부상당한 헥토르는 바위를 들고 괴성을 지르며 힘껏 던졌다. 방패로 바위를 튕겨낸 아이아스는 더 큰 바위를 들고 헥토르를 향해 던졌다. 묵직한 바위를 방패로 막기는 했지만 방패가 부서지면서 헥토르는 땅바닥에 쓰러지고 말았다. 헥토르는 피를 흘리면서도 퍼뜩 기운을 차리고 일어났다. 두 사람은 서로 주먹을 주고받으며 육탄전을 벌였다. 싸움이 계속 이어진다면 둘 다 죽을 것만 같았다.

이를 지켜보던 아테나 여신은 양쪽 지휘관에게 싸움을 멈추도록 속삭였다.

그러자 그리스와 트로이아에서 전령들이

여기서 잠깐!!

이 전쟁에는 이름이 같은 아이아스가 둘 등장해. 로크리스에서 온 아이아스 왕자는 소(小)아이아스라고 불려. 그리고 텔라몬의 아들로 살라미스의 왕인 아이아스는 대(大)아이아스라고 해. 여기에서 헥토르와 싸우는 아이아스는 대아이아스야. 과묵하고 너그러우며 신을 공경했다고 해.

나와 싸움을 중단시켰다.

"그만 멈추십시오. 오늘의 결투는 여기까지 하라는 명령입니다."

그렇지 않아도 지칠 대로 지친 두 사람은 헉헉대며 싸움을 멈췄다. 이미 해는 지고 있었다. 헥토르는 아이아스에게 말했다.

"오늘은 이 정도로 끝내지만, 다음에 반드시 다시 맞붙어서 결판을 내자."

아이아스도 거친 숨을 몰아쉬며 말했다.

"다음에는 네놈의 목을 꼭 베겠다."

하지만 헥토르는 대인배의 풍모를 보였다.

"정말 대단한 솜씨다. 오늘 너와의 싸움은 기억할 만하다. 그런 의미에서 선물을 하나 주겠다. 그러면 먼 훗날 한때는 적으로 싸웠지만 헤어질 때는 친구가 되었다고 말할 수 있지 않겠는가?"

아이아스도 헥토르의 능력을 직접 경험하고 비록 적이지만 존경할 만한 장수라고 생각했다.

"비록 승패를 가리지는 못했지만 한편으로는 뿌듯하다. 제대로 맞수를 만났으니 말이다."

헥토르는 부하에게 말했다.

"내가 아끼는 칼을 가지고 오너라!"

헥토르는 손잡이가 은으로 가공된 멋진 칼 한 자루를 아이아스에게 건넸다. 아이아스는 답례로 자신의 보라색 허리띠를 풀어서 건네주었다.

어느새 어둠이 짙게 내렸다. 두 사람은 자신들의 진영으로 돌아갔다. 전쟁을 끝내지 못했으니 다음 날 또다시 전쟁을 치를 준비를 해야 했다.

다음 날 군사들의 시체로 가득한 들판 위로 아침 해가 떠올랐다. 전투보다는 죽은 사람들의 장례를 치러주는 것이 우선이었다. 그래야 저승으로 가서 평안하게 휴식을 취할 수 있다.

양쪽 진영은 휴전을 논의했다.

"우선 시신들을 화장하고 장례를 치러주도록 하자."

양측의 사신들이 한두 차례 오간 뒤 휴전이 선언되었다. 트로이아 동맹군과 그리스 연합군은 자기 병사들의 시신을 거두고 한데 모아 화장을 했다. 입고 있던 갑옷과 무기들은 모두 약탈당하고 상처 입은 몸뚱이만 남아 있었다. 밤새 들짐승들이 물어뜯어 훼손된 친구의 시신을 보고 병사들은 눈물을 흘리며 원한을 가슴에 새겼다. 양쪽 군사들은 며칠간 장례식을 치르면서 힘을 비축했다.

휴전이 끝나자 다시 전투가 시작되었다. 밀고 밀리는 공방전이 계속 이어졌다. 전례 없이 치열한 싸움이었다. 헥토르조차 전차병이 둘이나 죽는 바람에 새로운 전차병을 써야 했다. 아가멤논도 날아오는 화살과 창에 찔리고 스치면서 갑옷과 방패가 너덜너덜했다.

이윽고 디오메데스가 그리스 연합군의 힘을 모아 트로이아군을 성벽 밑까지 밀어붙였다. 이것을 본 제우스는 분노했다. 이렇게 빨리 트로이아를 멸망시킬 수는 없었다.

"저자를 막아야겠구나."

제우스는 하늘에 있는 모든 소나기구름과 벼락을 모아서 천둥소리와 함께 디오메데스의 발밑에 때렸다.

"콰직!"

눈앞에서 벼락이 치자 디오메데스가 탄 말이 껑충 뛰어오르더니 아군 속으로 미친 듯이 날뛰었다. 디오메데스는 날뛰는 말을 진정시키느라 한동안 진땀을 흘려야 했다.

해 질 무렵이 되자 그리스군은 다시 바닷가 선단 쪽으로 밀려났다. 진작에 싸움이 끝날 줄 알았던 그리스군은 물러날 기색이 없는 트로이아군을 보고 좌절감이 앞섰다.

"이러다 전쟁에서 패하면 아무것도 얻지 못하고 시체만 쌓이는 것 아냐?"

"그러게 말이야. 트로이아군들이 죽을힘을 다해 우리를 막고 있지 않은가."

그리스군의 사기는 일순간에 떨어졌다.

트로이아 동맹군은 성안으로 철수하지 않고 성 밖에 말을 묶었다. 이대로 끝장을 보겠다는 기세였다. 성안에서 먹을 것과 음식을 날라오고 모닥불을 피웠다.

그들은 다음 날 아침에 벌어질 싸움을 준비하고 있었다. 이 기세라면 그리스 군대를 몰아낼 수 있을 것 같았다. 성벽 아래 들판에는 트로이아군들이 피운 모닥불이 밤하늘의 별처럼 빛났다. 그들은 승리를 확신하며 아침이 오기를 기다렸다.

"그리스인들의 갑옷과 방패는 모두 내 차지가 될 거야!"

"저들의 배에는 금은보화가 잔뜩 실려 있대."

"아하하! 내 허락을 받아야 될걸?"

반면 그리스 진영은 정반대의 분위기였다.

한 장수가 걱정스러운 투로 말했다.

"오늘 낮에 디오메데스가 제우스 신에게 벌 받을 뻔한 거 봤소?"

다른 장수들도 모두 고개를 끄덕였다.

"제우스 신은 우리 편이 아니오. 그러니 우리가 트로이아를 정복한다거나 헬레네를 되찾는 것은 꿈도 꿀 수 없는 일이오."

아가멤논의 얼굴은 그 어느 때보다 어두웠다.

10년이 넘도록 트로이아를 정복하지 못하고 군의 사기는 떨어질 대로 떨어지자 아가멤논도 슬며시 후퇴를 생각하기 시작했다.

"지금이라도 그만두는 것이 낫지 않겠는가? 오늘 밤에 진영을 불사르고 조용히 배를 몰아 고향으로 돌아가는 것은 어떤가?"

이때 공을 세우려다 포기한 디오메데스가 용감하게 나섰다.

"총사령관으로서 어떻게 후퇴를 입에 올린단 말입니까? 싸울 용기가 바닥났거든 혼자 돌아가십시오. 나머지 사람들은 반드시 트로이아를 정복할 것입니다."

아가멤논이 전쟁을 포기하고 돌아가자고 얘기한 것은 처음이었다. 그도 그럴 것이 오랫동안 고향을 떠나 지칠 대로 지친 그리스군을 보니 아가멤논도 더 이상 자신이 없었다.

하지만 디오메데스의 용맹한 말투에 다른 장수들은 다시 전의가 솟구쳤다.

"그래, 이제 와서 물러날 수는 없잖은가?"

"가다가 중지하면 가지 않은 것만 못한 법이야."

"그동안 싸워온 세월이 아깝지 않나?"

"이대로 퇴각한다면 죽은 전우들을 볼 면목이 없잖은가?"

"그들의 명예를 더럽힐 수는 없지."

여기저기서 술렁거리는 소리가 들렸다. 몇몇 지휘관들은 결국 큰 소리로 외쳤다.

"우리는 디오메데스와 함께 싸우겠소. 우리가 원하는 것은 트로이아의 멸망이오. 그것을 보지 않고는 절대 고향으로 돌아가지 않겠소."

참전한 왕 가운데 가장 나이 많은 네스토르가 자리에서 일어났다.

"자, 여러분, 흥분하지 마시오. 이대로 싸워서는 저들을 물리치기 어렵소."

"그렇다면 무슨 방법이라도 있소?"

네스토르는 아가멤논의 얼굴을 살짝 살핀 뒤 작정한 듯 말했다.

"우리에게는 비밀 병기가 있소."

"그것이 무엇이오?"

"바로 아킬레우스요."

"아킬레우스?"

장수들은 또다시 술렁거렸다.

"아킬레우스가 돌아와야만 우리가 승리할 수 있소."

"하지만 그는 지금 단단히 화가 나 있지 않소? 절대 참전하지 않을 것이오."

그러자 네스토르가 아가멤논을 보며 말했다.

"사령관께서 아킬레우스에게 사절을 보내시오. 황금 덩어리와 말을 비롯해 선물을 잔뜩 보내고 브리세이스를 돌려주겠다고 약속하시오.

그리고 전날 모욕한 것을 사과하시오."

"……."

아가멤논은 입을 굳게 다물고 있었다. 자신도 그 생각을 하고 있었던 것이다. 한 사람이라도 더 필요한 상황에서 아킬레우스와 같은 용맹한 장수가 돌아온다면 천군만마를 얻은 것과 같을 것이다. 네스토르는 특유의 지혜로운 눈빛을 반짝이며 말했다.

"아킬레우스가 돌아왔다는 소문만 들어도 트로이아군은 기세를 잃을 것이오. 아킬레우스가 갑옷을 입고 나타난 순간 겁에 질릴 것이고, 전차에 오르는 순간 창과 칼을 내려놓을 것이며, 말이 달려가면 그대로 도망치기 바쁠 것이오. 그렇게 되면 우리는 다시 저들을 성안으로 몰아넣을 수 있소. 아예 성 밖으로 나오지 못하게만 해도 우리는 한숨 돌릴 수 있을 것이오."

하지만 검은 머리와 검은 수염의 아가멤논은 선뜻 결단을 내리지 못했다. 아킬레우스가 무엇보다 절실히 필요한 상황이었지만, 아직은 이성보다 감정이 앞섰다. 아가멤논도 총사령관인 자신에게 저항하고 전장을 이탈한 아킬레우스로 인해 자존심이 상해 있었다. 하지만 전세를 뒤집을 만한 다른 방법이 없었다.

"알겠소. 지혜로운 왕께서 하신 말씀을 따르겠소."

그들은 아킬레우스를 찾아갈 사절단을 꾸렸다. 가장 친한 오디세우스와 아이아스 그리고 아킬레우스의 스승 포이닉스*였다. 아킬레우스가 무시할 수 없는 사람들이었다. 그들은 그리스 진영의 맨 끝 가장자리 해변에 있는 아킬레우스의 검은 선단으로 찾아갔다.

50여 척의 배들이 늘어서 있고, 한쪽에 막사가 있었다. 아킬레우스는 막사에 틀어박혀 꼼짝도 하지 않았다. 세 사람이 찾아갔을 때 아킬레우스는 한가로이 수금을 켜고 있었다. 그의 가장 친한 친구로서 함께 전장에서 물러나 있던 파트로클로스는 투구에 광약을 발라 닦고 있었다.

세 사람이 다가가자 아킬레우스는 자리에서 일어나 맞이했다.

"손님들이 오셨군. 대접할 것을 내오게!"

파트로클로스는 먹을 것과 마실 것을 가져와서 함께 자리에 앉았다. 그들은 실로 오랜만에 만나는 것이었다. 아무 일 없었던 것처럼 안부를 묻고 먹고 마시며 즐거운 시간을 보냈다. 어느 정도 취기가 오르고 분위기가 무르익자 오디세우스가 먼저 말을 꺼냈다.

"친구여, 우리가 이곳에 온 이유가 있다네."

"그냥 오지는 않았을 거라고 짐작하고 있었습니다."

"모두 알다시피 사령관이 자네를 모욕했다는 것은 우리도 알고 있네. 그 일로 사령관이 그대에게 사과하고 싶다는 뜻을 밝혔네."

"어떻게 사과한다는 것입니까?"

"브리세이스를 돌려주고 자네의 명예를 되찾아주기 위해 노예와 말과 황금을 선물하겠다고 했다네. 그리고 고향으로 돌아가면 넓은 땅을 주고 공주와 결혼시켜주겠다고도 했네. 그러니 이제 그만 노여움을 풀게. 전장으로 돌아오기만 하면 된다네. 자네는 타고난 장수 아닌가? 우리의 부탁을 들어주기 바라네."

곁에서 듣고 있던 파트로클로스는 기대에 부풀었다. 이제 드디어 싸우러 갈 수 있게 되었기 때문이다. 멀리 이곳까지 전쟁을 하러 와서 전

리품이나 노획물은커녕 아무런 공도 세우지
못하고 돌아간다는 것은 결코 명예로운 일이
아니었다.

파트로클로스도 몇 번 넌지시 떠보았지만
아킬레우스를 설득할 수 없었다. 아킬레우스
는 냉소적인 표정으로 말했다.

"사령관께서 아주 달콤한 약속을 했군요.
나는 그 약속을 한 이유를 알고 있어요. 내 목
숨을 전쟁터에 내버리라는 것 아닙니까? 나
더러 죽을 각오를 하고 다시 나오라는 말인데
그럴 바에는 차라리 배를 타고 고향으로 돌아
가는 게 낫습니다."

아직 분노가 사그라들지 않은 아킬레우스
는 순순히 받아들일 수 없었다. 그는 자존심을
굽히지 않았다.

"돌아가서 전하세요! 선물 따위는 필요 없
고 아내도 내가 마음에 드는 여자를 고르면
될 뿐입니다."

포이닉스가 할 수 없이 자리에서 일어나 눈
물을 흘리며 말했다. 그는 아킬레우스가 케이
론에게 맡겨지기까지 가르친 사람이었다.

"장군, 나는 어린 당신을 가르친 사람이오.

일설에는 포이닉스가 아킬레우스의
스승이 아니라 친구라고도 해. 아버
지의 여자를 유혹했다는 이유로 저
주를 받아 시력을 잃었는데 켄타우
로스인 케이론이 그의 눈을 뜨게 해
줬다는 거야. 그는 아킬레우스와 함
께 참전했는데 그의 멘토 역할을 맡
았어. 전쟁이 끝날 때까지 살아 있었
지만 귀향길에 육로를 택했다가 도
중에 죽었다고 해.

분노를 다스려야 한다고 누구이 말씀드리지 않았소? 영웅은 상황에 따라서 용서할 줄도 알아야 하오. 아무 이유 없이 억울한 일을 당했다는 것은 알고 있소. 사람이라면 당연히 화가 날 수밖에 없소. 하지만 아가멤논 왕은 자신의 잘못을 인정하고 충분한 보상과 함께 사과하려 하오. 그의 사과를 받아주지 않는다면 오히려 장군에게 비난이 쏟아질 것이오. 지금 수많은 군사들이 장군을 기다리고 있소. 이제 그만 전장으로 돌아가서 그들과 함께해야 하오."

아이아스도 입을 열었다.

"아킬레우스, 나의 친구여! 이게 여자 하나 때문에 생긴 일 아니겠소? 여자를 당장 보낸다고 하지 않소? 여인의 따뜻한 숨결로 분노를 푸시오."

하지만 아킬레우스는 고집을 꺾지 않았다.

"나의 친구들, 그리고 나의 스승님! 사령관에게 돌아가서 전하십시오. 나는 헥토르가 나의 동료들을 다 죽이고 결국은 나의 진지가 있는 이곳까지 쳐들어오면 그때 싸울 것입니다. 그때 나는 창을 들어서 창이라는 게 어떻게 쓰는 물건인지를 헥토르에게 마지막으로 똑똑히 보여 줄 것입니다. 그러니 이제 그만 돌아가세요!"

세 사람은 크게 좌절했다. 아무런 성과 없이 그들은 밤길을 도와 아가멤논의 막사로 돌아갔다. 그들은 말없이 한숨만 쉬었다. 그리스군에게 더 이상의 활로는 보이지 않았다.

8

용맹한 오디세우스

아킬레우스를 설득하러 갔다가 허탕치고 온 날 그리스 연합군의 지휘관들은 다시 모여 대책을 강구했다. 하지만 아킬레우스가 참전하지 않는 한 전쟁에서 승리할 방법이 없었다.

"아킬레우스가 돌아오는 것만이 우리가 살길이오."

"그렇소. 이렇게 싸우기만 해서는 소모전만 될 뿐이오."

하지만 뾰족한 묘수가 없는 상태에서 회의는 끝났다. 모두 각자의 막사로 돌아갔다. 누구 하나 잠을 이루지 못했다. 이제 와서 후퇴할 수도 없고 나가서 싸우자니 결과가 뻔해 보였다. 그야말로 진퇴양난이었다.

총사령관인 아가멤논 역시 잠을 이룰 수 없었다. 이렇게까지 굽히고 들어갔건만 아킬레우스는 화를 풀지 않았다. 침상에 누워서 뒤척이던 그는 벌떡 일어나 밖으로 나갔다. 추운 날씨에 사자 가죽 이불을 어깨에 두른 채 지혜로운 네스토르의 막사 쪽으로 걸어갔다. 네스토르에게 답답한 속내를 풀어보고 싶었던 것이다.

아가멤논은 가던 길에 역시나 잠 못 이루고 나온 메넬라오스와 마주쳤다. 검은 선단 언저리에서 두 사람은 트로이아 병사들이 평원에 피워 놓은 모닥불을 내려다보며 말했다.

"저들은 도대체 무슨 작전을 짜고 있는 것일까?"

"그러게 말입니다, 형님."

"저들이 어떤 전략으로 나올지 알면 좋을 텐데."

"첩자를 보내보는 건 어떨까요? 그들이 어떤 준비를 하고 있는지 알면 내일 있을 전투에 대비할 수 있지 않겠습니까?"

아가멤논이 고개를 끄덕였다.

"좋은 생각이다. 하지만 우리가 섣불리 판단할 수는 없으니 장수들을 소집해서 물어보도록 하자."

막사로 돌아온 아가멤논은 네스토르를 비롯해 각 나라의 장수들을 불러오도록 했다. 야밤에 갑자기 소집하니 자다 일어나기도 했고, 깨어 있다가 불려 오기도 했다. 모두 털가죽을 둘러쓴 채 아가멤논의 막사로 달려왔다.

아가멤논은 보초병들이 잘 지키고 있는지 확인한 뒤 장수들에게 말했다.

"트로이아군이 내일 우리 진영으로 쳐들어올 텐데, 오늘 밤에 첩자를 보내서 어떤 작전을 세우고 있는지 알아보는 것이 어떻겠소?"

아가멤논이 이렇게 이야기하자 디오메데스가 곧바로 나섰다.

"그런 일이라면 내가 하겠습니다. 하지만 나 혼자 갔다가 죽기라도 하면 기껏 얻은 정보를 전할 사람이 없지 않습니까? 함께 갈 사람이 한 명 있어야 합니다."

"누굴 데려가면 좋겠소?"

디오메데스는 지혜로운 오디세우스에게 손을 내밀었다. 오디세우스가 고개를 끄덕이며 일어났다.

"벌써 밤이 깊었으니 지금 당장 가야 하오."

두 사람은 병사들에게 무기와 투구를 빌렸다. 청동으로 빛나는 장군들의 투구는 너무 번쩍거려서 눈에 띄기 십상이었다. 그래서 낡고 투박한 갑옷과 투구를 걸치고 어둠 속으로 스며들었다.

한편 트로이아의 헥토르도 잠을 이루지 못하고 지휘관들을 불러 모았다.

"오늘 밤에 그리스 진영을 염탐할 필요가 있다. 그들이 어느 정도 보초를 서고 있는지, 경계 태세는 어떠한지를 알아야 한다. 그래야 새벽에 기습할 수 있을 것이다."

하지만 아무도 나서지 않았다. 그리스의 군사력이 두려웠던 것이다. 그러자 헥토르가 상을 내걸었다.

"지금 그리스 진영에 들어갔다 돌아오는 자에게는 적진에 있는 말 중에 가장 좋은 말을 주겠다. 물론 우리가 승리했을 때의 이야기다."

그때 용기는 부족하지만 욕심 많은 돌론*이라는 병사가 일어났다. 그는 달리기에 있어서는 타의 추종을 불허하는 자였다. 평소에도 혈통 좋은 말을 몹시 가지고 싶었던 그는 이 기회를 놓칠 수 없었다.

"헥토르 장군! 제가 가겠습니다. 저의 발걸음은 누구도 따라오지 못합니다. 가장 좋은 말을 주겠다는 약속은 꼭 지키셔야 합니다!"

"그래, 자네는 누구의 말을 갖고 싶은가?"

"아킬레우스의 전차를 끄는 말을 주십시오. 제가 아가멤논의 진영으로 가서 샅샅이 정보를 캐 오겠습니다."

전쟁에서 승리했을 때 적장의 말을 주는 것은 어렵지 않았다.

"그렇게만 해준다면 제우스 신의 이름을 걸고 반드시 약속을 지키겠노라!"

돌론은 가볍게 무장하고 가죽옷을 입은 채 그리스 진영을 향해 소리 없이 발걸음을 내딛었다.

때마침 트로이아 쪽으로 가던 디오메데스와 오디세우스는 다람쥐처럼 빠르게 다가오는 검은 그림자를 발견했다.

"적의 첩자인가 보다. 엎드리자."

둘은 산더미처럼 쌓여 있는 시체들 틈에 엎드려 마치 죽은 듯 가만히 있었다. 이를 눈치채지 못한 돌론은 시체들 사이를 헤치고 자세를 낮춘 채 그리스 진영으로 재빨리 다가오고 있었다. 이윽고 돌론이 두 사람이 매복한 곳을 지나갈 때 오디세우스는 뒤에서 다가가며 소리쳤다.

"웬놈이냐!"

디오메데스도 모습을 드러내며 외쳤다.

"꼼짝 마라!"

돌론은 등 뒤에서 소리가 들리자 깜짝 놀라 걸음을 멈췄다.

"누가 나를 쫓아오는 것인가?"

돌론은 트로이아 진영으로 되돌아가려 해도 갈 수가 없었다. 이미 두 사람에게 길이 막혔기 때문이다. 돌론이 앞쪽으로 숨을 곳을 찾아 허둥댈 때 디오메데스와 오디세우스가 뒤에서 그를 덮쳤다. 힘없는 돌론은 단번에 붙잡혀 제압당하고 말았다.

돌론은 부들부들 떨며 말했다.

"살려주십시오! 저의 몸값을 지불하겠습니다. 저의 아버지는 부자입니다. 원하시는 만큼 드릴 것입니다!"

오디세우스는 그의 멱살을 잡고 횃불 아래 밝은 쪽으로 끌고 갔다.

"네놈은 도대체 누구냐?"

"저는 돌론이라고 합니다. 그리스군의 동태를 살피러 가는 길이었습니다."

"누가 너를 보냈느냐?"

"헥토르 장군께서 보냈습니다. 우리가 승리하면 아킬레우스가 끄는 전차의 말 두 필을

여기서 잠깐!!

트로이아의 전령인 에우메데스의 아들이야. 과거 전쟁에서 소식을 전하는 전령이라면 달리기가 엄청 빨라야 했겠지. 그래서인지 돌론도 아주 빠른 발을 가지고 있었어. 하지만 그는 어디까지나 안전한 곳에서 잘 달릴 뿐이야. 전쟁터에서 그가 지혜로운 간첩의 역할을 하는 것은 무리였어. 자기의 분수를 모르면 화를 입는다는 것을 보여주는 대표적인 인물이야.

준다기에 제가 나선 것입니다."

돌론은 어떻게든 빠져나가려고 묻지도 않은 말까지 더듬대며 순순히 털어놓았다.

"하하하!"

오디세우스가 나지막한 소리로 웃었다.

"네 녀석은 간이 배 밖으로 나왔구나. 아킬레우스의 말은 인간이 탈 수 있는 말이 아니다. 아킬레우스나 그의 명령을 받은 자만이 그 말을 끌 수 있다."

돌론은 그 말을 듣고 실망했다.

"아, 그것도 모르고 말에 눈이 어두워 이 지경이 되었습니다."

오디세우스와 디오메데스는 돌론을 앉혀놓고 물었다.

"그리스 진영에 무엇을 살피러 왔느냐? 새벽에 기습하려는 것이냐?"

두 사람은 돌론을 취조하기 시작했다. 트로이아군의 초소가 어디 있는지, 헥토르의 막사는 어디이며, 그가 끄는 전차는 누가 관리하는지 등을 물었다. 돌론은 덜덜 떨면서 모든 것을 털어놓았다. 재물에 눈이 어두운 자는 자신의 목숨이 위태로워지면 모든 것을 내려놓게 마련이었다. 모두 다 털어놓으면 살려주리라고 생각한 것이다.

"헥토르 장군은 지금 원로들과 회의 중입니다. 트로이아 병사들도 모두 성안의 가족들을 지키려 하고 있습니다."

"다른 나라 동맹군은 어떻게 경계하고 있느냐?"

"다른 나라 동맹군은 자신들 싸움이 아니어서인지 별로 신경 쓰지 않는 것 같습니다."

"새벽에 우리를 공격하려는 건가?"

"제가 돌아가서 공격할 수 있다고 하면 할 것입니다."

오디세우스는 적들이 원하는 것을 그대로 돌려주면 되겠다는 생각이 들었다. 그는 디오메데스에게 말했다.

"우리가 가서 트로이아의 말을 훔쳐 오는 게 어떻소?"

"하하하! 그거 좋은 생각이오."

그 말을 듣자 돌론은 재빨리 일러바쳤다.

"트로이아 진영에서 가장 좋은 말이 레소스 왕의 막사에 있습니다."

"레소스는 누구냐?"

"트라키아의 왕입니다. 오늘 동맹군에 합류했습니다."

"그의 막사는 어디 있느냐?"

"우리 진영의 동쪽 끝에 있습니다. 백조처럼 하얗고 바람처럼 빠르며 잘 길러서 보기 좋게 살진 말입니다."

"레소스의 말을 어떻게 알아볼 수 있지?"

"레소스 왕의 전차는 금과 은으로 화려하게 장식되어 있습니다. 첫눈에 알아볼 것입니다. 좋은 정보도 드렸으니 제발 살려주십시오! 몸값은 얼마든지 지불하겠습니다."

하지만 전쟁 중이었다. 적의 첩자를 그대로 돌려보낼 수는 없는 노릇이었다.

"네놈을 놓아준다면 다시 그리스 진영을 염탐할 것이 아니냐? 우리 손에 잡힌 이상 너의 목숨은 이미 올림포스 신의 것이다."

디오메데스가 무심하게 칼로 그를 찔러 죽였다. 오디세우스는 고개를 끄덕였다. 일말의 동정심으로 전쟁 중에 적을 살려 보내면 돌아가서 열 배, 백 배의 군사들을 끌고 오게 마련이다. 그들은 재빨리 돌론의 시체를 숨기고 그의 활과 가죽 모자 등은 나뭇가지에 걸어놓았다.

"이렇게 걸어두면 돌아오는 길을 알 수 있소."

두 사람은 다시 어둠 속을 뚫고 트로이아 진영을 향해 나아갔다. 그들은 돌론이 알려준 대로 곧장 동쪽 가장자리에 있는 레소스 왕의 막사로 갔다. 트라키아 군사들은 긴 여행에 지쳐 잠들었는지 모두 조용했다.

레소스 왕은 전차 옆에서 잠들어 있었다. 보초병들도 모두 곯아떨어져 있었다. 디오메데스는 소리 없이 다가가 병사들의 입을 틀어막고 하나씩 죽였다. 그들은 영문도 모른 채 그 자리에서 즉사했다. 레소스 왕까지 열두 명을 죽인 다음에 시체들을 치웠다. 말을 몰고 나가야 하기 때문이었다. 아직 전투에 익숙하지 않은 말들이 시체를 보고 놀랄까 봐 걱정스러웠다. 두 마리의 말은 서서 잠자고 있다가 두 사람이 다가가자 눈만 껌뻑이며 쳐다보았다.★

디오메데스가 레소스 왕의 전차를 보고 말했다.

"과연 훌륭한 전차로군."

돌론이 말했던 것 이상으로 훌륭했다.

오디세우스가 말했다.

"하지만 전차까지 끌고 갈 수는 없소. 말 두 마리만 끌고 갑시다."

그들은 재빨리 말을 묶어놓은 줄을 잘라버렸다. 동쪽 하늘이 밝아오기 전에 얼른 빠져나가 그리스 진영으로 돌아가야 했다. 그들은 소리 없이 말들을 끌고 가서 사람들이 보이지 않을 즈음 한 마리씩 올라타고 달렸다.

"이랴!"

두 사람은 안장 없는 말을 몰아 바람처럼 달려갔다. 적진을 뚫고 달려가면서 오디세우스는 나무에 걸어놓은 돌론의 가죽 모자와 무기도 잊지 않고 챙겨 갔다. 백마 두 마리를 타고 새벽에 달려오는 그들의 모습은 마치 신의 전령 같았다.

그리스군의 지휘관들은 함성을 지르며 맞이했다.

"두 영웅이 돌아온다. 적진의 말까지 타고 온다."

그들은 염탐하고 온 이야기들을 모두 들려줬다.

"레소스 왕이 죽었기 때문에 트라키아군은 더 이상 싸우지 않고 돌아갈 겁니다."

아가멤논은 칭찬을 아끼지 않았다.

"적진을 살피고 온 것은 물론이요, 말까지 빼앗아 오고, 한 나라의 군대까지 돌려보내게 만들었으니 그대들의 공은 참으로 대단하오."

이로써 트라키아 군사 수천 명이 참전하는 것을 미연에 방지해버린 것이다.

여기서 잠깐!!

레소스 왕은 트라키아의 용사였어. 눈처럼 흰 백마를 가진 것으로 유명했는데 열 번째로 참전한 것이 바로 트로이아 전쟁이야. 일설에 의하면 그는 첫날 수없이 많은 그리스인들을 죽이고 그날 밤 자신도 죽었다고 해. 또한 레소스는 힘을 주는 스카만드로스(트로이아 부근을 흐르는 강의 신)의 물을 자신도 먹고 말들에게도 먹여서 무적의 힘을 발휘할 수 있었다고 해. 그런데 그걸 마시지 않았다가 야간 기습으로 죽었다는 거야. 여기서 우리가 얻을 수 있는 교훈은 잠시도 방심하면 안 된다는 거지.

디오메데스는 자기가 타고 온 말에게 최고의 사료를 먹였다. 오디세우스는 돌론의 피 묻은 모자와 무기를 자신의 선단에 놓고 아테나 여신에게 무사히 돌아오게 해주신 것에 감사하는 제를 올렸다. 두 사람은 따뜻한 물에 몸을 깨끗이 닦고 음식과 포도주를 마시며 휴식을 취했다.

그제야 태양이 동쪽에서 떠오르기 시작했다.

9

불타오르는 검은 선단

동이 트기는 했지만 세상은 아직 어두웠다. 특히 그리스 진영은 암흑이 감돌았다. 제우스가 분노하여 모든 먹구름을 그리스 진영으로 밀어 보내고 있었다. 상대적으로 높은 지대에 있는 트로이아는 하늘이 맑고 햇살도 강렬하게 내리쬐었다. 하늘만 보면 두 세계가 만나고 있는 듯했다.

이윽고 먹구름에서 비가 내리기 시작했다. 붉은 비가 쏟아지는 것을 보니 조짐이 좋지 않았다. 그런데도 그리스 진영의 사기는 하늘을 찔렀다. 디오메데스와 오디세우스가 밤새 전공을 세웠기 때문이다.

아가멤논은 밝은 얼굴로 군사들을 모아놓고 작전 지시를 했다. 맨 앞에는 보병부대를, 뒤에는 전차부대를 배치했다. 그리고 전차부대 뒤로 창과 활 부대가 투석기 부대와 함께 전진할 태세를 갖췄다.

헥토르가 지휘하는 트로이아군이 먼저 공격했다. 그리스군이 간밤에 몰래 침투해서 말을 훔쳐 가고 레소스 왕과 첩자까지 죽인 것을 알고 분노가 치솟았다.

"공격하라!"

양 진영의 군대는 함성과 함께 맞부딪쳤다. 격렬한 충돌이었다. 트로이아 군사와 그리스 군사들은 서로 뒤엉켜 하나라도 더 죽이기 위해 칼과 창을 휘둘렀다. 화살이 비 오듯 쏟아지고 비명 소리가 울려 퍼지고 죽은 자들의 피가 땅을 적셨다. 마치 곡식들이 낫질에 눕듯 병사들이 쓰러졌다. 치열한 전투가 정오 무렵까지 계속되었다.

"오늘의 전투로 마지막 결판을 내고야 말겠다."

헥토르는 결사대를 이끌고 무섭게 앞장서서 그리스 군사들을 밀어냈다. 그는 수없이 많은 적군의 장수들을 베었다. 헥토르의 두 아우도 함께 그리스군을 마구 무찔렀다.

그에 질세라 그리스의 용맹한 전사들도 돌격대가 되어 트로이아 진영 한가운데로 쳐들어갔다. 전차병이 죽자 말들은 부서진 전차를 이리저리 끌고 마구 짓밟았다. 그리스군은 강한 사기로 헥토르가 이끄는 트로이아군의 공격을 막아낸 뒤 외쳤다.

"적들의 기세가 꺾였다!"

그리스군의 결사 항전에 트로이아군은 성문 바로 앞까지 밀려났다. 양쪽 군사들은 잠시 숨을 돌리고 전열을 정비하기 위해 싸움을 멈췄다.

핵토르는 쉬고 있는 병사들에게 피를 토하는 심정으로 외쳤다.

"그리스군이 다시 쳐들어올 것이다. 모두 마음의 준비를 단단히 하거라."

하지만 이때 그리스군은 그대로 몰아붙여 트로이아군을 무찌를 수 없었다. 누가 던졌는지 알 수 없는 창이 날아와 아가멤논의 팔을 스쳤기 때문이다.

"총사령관께서 팔을 다치셨다."

재빨리 붕대를 묶었지만 아가멤논의 팔에서 피가 계속 쏟아졌다. 일단 본대로 돌아가 치료를 받아야 했다.

아가멤논은 부하 장수에게 일렀다.

"내가 갔다 올 동안 전선을 맡아주게!"

아가멤논의 황금빛 마차는 곧 본대로 향했다. 하지만 멀리서 지켜보던 핵토르가 이것을 놓칠 리 없었다.

"아가멤논이 후퇴한다. 멈추지 말고 계속 공격하라."

핵토르가 사냥꾼이 날린 매처럼 앞장서 나가자 선두의 군사들도 뒤따라 그리스군을 치면서 내려왔다. 그 기세에 놀란 그리스군은 오합지졸처럼 산산이 흩어져 달아나기 시작했다. 이대로 돌격한다면 바닷가의 선단이 있는 곳까지 한꺼번에 내몰 수 있을 것 같았다.

그러나 다른 전선에서는 오디세우스와 디오메데스가 트로이아 군사들을 강력하게 공격하고 있었다. 모든 전세가 어느 한쪽에 유리한 것이 아니라 여기저기서 밀고 당기는 싸움이 계속되었다. 오디세우스와 디오메데스는 사정없이 창을 던져 트로이아 측 장수와 핵심 지휘관들을

네 명이나 쓰러뜨렸다. 이것을 본 그리스군은 다시 힘을 얻었다.

"와! 트로이아 놈들이 쓰러졌다! 돌격하라!"

그리스군이 거세게 저항하자 헥토르는 다시 물러나 전열을 정비하려고 했다. 그러나 어느 순간 쳐들어온 디오메데스가 헥토르의 머리를 칼로 내리쳤다. 강한 금속성 소리와 함께 투구에서 불꽃이 튀었다. 디오메데스의 칼이 조금만 더 강했더라도 헥토르의 청동 투구를 뚫을 뻔했다. 헥토르는 그 충격으로 나가떨어지고 말았다.

"헥토르 장군이 쓰러지셨다!"

부하들이 방패를 들고 와서 재빨리 헥토르를 감쌌다. 헥토르는 그 자리에서 벌떡 일어났다. 다행히 큰 상처를 입지는 않았다.

"어서 전차를 가져와라."

헥토르가 전차에 올라타자 전차병이 말 잔등을 채찍질했다.

"왼쪽으로 간다!"

헥토르의 전차는 공격 부대의 왼쪽을 겨냥하여 달리기 시작했다. 디오메데스는 헥토르와 싸웠던 곳에서 여전히 적들에게 맞서고 있었다.

치열한 공방전이 벌어지고 있을 때 이 모든 전쟁의 원인 제공자인 파리스는 무엇을 하고 있었을까? 두려움에 사로잡힌 그는 격전의 한가운데로 들어가지 않고 언저리만 돌면서 기회를 엿보았다. 파리스는 용맹하게 싸우는 디오메데스를 발견하고 활을 들어서 시위를 당겼다.

"내가 반드시 저놈을 잡고 말겠다."

파리스가 날린 화살은 그대로 디오메데스의 다리에 꽂혔다.

"으윽!"

불시에 일격을 당한 디오메데스가 화살을 뽑아낼 때 방패로 막아준 것은 오디세우스였다.

"디오메데스, 빨리 전차를 타고 후퇴하게!"

"결정적인 순간에 화살을 맞다니, 분하다."

안타깝지만 어쩔 수 없었다. 디오메데스도 아가멤논처럼 전차에 실려 검은 선단이 있는 해변으로 후퇴했다.

기세가 오른 트로이아군은 사방에서 몰려들었다.

"적장 오디세우스를 해치우자!"

오디세우스는 한 치도 물러나지 않고 적들의 창을 피하고 활을 쳐내면서 끊임없이 그리스군을 베어 쓰러뜨렸다. 이때 트로이아 병사 하나가 오디세우스를 향해 창을 던졌다. 날아온 창은 갑옷을 뚫고 갈비뼈 사이로 창끝이 박혔다. 오디세우스는 초인적인 힘으로 창을 뽑아서 그것을 던진 병사를 향해 다시 던졌다. 병사는 자신이 던진 창에 맞아 쓰러졌다.

오디세우스가 다친 것을 발견하고 부근에 있던 메넬라오스와 아이아스가 허둥지둥 달려왔다.

"어서 전차에 오르게!"

메넬라오스가 오디세우스를 전차에 태우고 빠져나가는 동안 방패를 든 아이아스가 그의 자리를 메웠다.

한편 헥토르가 그리스군의 왼쪽에서 돌아 나와 용맹하게 전진하고 있을 때였다. 화살 하나가 빠르게 날아오더니 부상병을 치료하던 마카온을 맞혔다. 마카온이 화살에 맞고 쓰러졌다는 것은 그리스인들에게는 큰 타격이었다. 부상병을 치료할 사람이 없기 때문이다. 마카온 역시 네스토르의 전차에 실려 막사로 이송되었다. 그리스 진영에서는 부상을 입지 않은 장수가 없을 정도였다. 그들이 모두 전장을 떠나 있을 때도 트로이아의 병사들은 창을 들고 계속 전진했다.

이때 양쪽 군대의 공방전을 가만히 지켜보는 사람이 있었다. 우뚝 솟은 뱃머리에 홀로 서서 꼼짝도 하지 않고 격전지를 바라보며 전세를 유심히 살피는 그는 바로 아킬레우스였다. 마카온이 네스토르의 전차에 타고 후송되는 것을 보고 그는 옆에 있던 친구 파트로클로스를 불렀다.

"마카온이 쓰러졌단 말인가?"

"그렇다네! 누군가 쏜 화살에 맞은 것 같아."

"그럼 부상병은 누가 치료한단 말인가? 큰일이군."

마카온이 활에 맞았다는 것은 그 무엇보다 위험한 상황이라는 뜻이었다.

"내가 가서 살펴보고 오겠네."

궁금해하는 아킬레우스를 대신해서 파트로클로스가 어떤 상황인지 알아보기 위해 달려갔다. 네스토르의 막사로 가보니 여종인 헤카메데★가 마카온을 보살피고 있었다.

"이걸 좀 드세요!"

헤카메데는 포도주에 치즈를 풀어 탈진한 마카온에게 먹였다. 또 다른 시종은 화살을 뽑아내고 상처를 치료해주었다. 활에 맞았지만 마카온은 어느새 여유를 찾고 있었다. 옆에서는 네스토르가 마카온을 즐겁게 해주려고 자기가 젊었을 때는 이보다 더한 상처에도 굴하지 않고 싸윘노라고 너스레를 떨었다. 파트로클로스는 노장군에게 상태가 어떤지 물어보고 싶었지만 일단 참았다. 네스토르가 한참 동안 이야기를 하고 나서야 파트로클로스가 예를 갖추고 물었다.

"어떻습니까, 마카온 장군."

"하하하! 파트로클로스, 나는 이런 걸로 죽지 않소. 하지만 내 몸이 이러니 며칠 동안은 부상당한 사람들을 돌보기 힘들 거 같소."

마카온은 포도주 기운에 슬그머니 눈을 감으며 말했다.

"부상이 크지 않아서 다행입니다."

파트로클로스가 나가려 하자 네스토르가 한마디 덧붙였다.

"자네 사령관이 아킬레우스 아닌가? 가거든 내 이야기를 전해주게."

"무슨 하실 말씀이라도 있습니까?"

"아직 화가 안 풀리고, 그래서 참전할 생각이 없다면 미르미돈의 군사들이라도 보내달라고 말해주게."

"그렇게 전달하겠습니다."

"그리고 자네를 보니 내가 좋은 꾀가 떠올

여기서
잠깐!!

아킬레우스가 트로이아 전쟁에 참전하러 가던 길에 얻은 여자 포로야. 테네도스섬을 점령하고 데려온 아르시노오스의 딸이야. 귀족이었던 이 여인은 네스토르의 시종이 되어서 주인을 간호하게 된 거지. 특히 약과 음식을 제조하는 기술이 뛰어났다고 해. 그러니 의술이 뛰어난 마카온을 보살필 수 있었던 거야.

랐네. 자네는 어려서부터 아킬레우스의 친구이고 체격도 그와 비슷하니 갑옷을 입고 나서면 트로이아군은 깜짝 놀랄 것이야. 아킬레우스가 나온 줄 알고 꽁지가 빠져라 도망칠 걸세. 감히 누가 아킬레우스와 대적한단 말인가. 아킬레우스가 참전하지 않겠다면 내 생각이 어떤지 물어봐주게. 자네도 이 지긋지긋한 전쟁을 끝내고 싶지 않은가."

"잘 전하겠습니다."

파트로클로스는 아킬레우스에게 뛰어갔다. 그때 눈앞에 친구인 에우리폴로스가 장딴지에 화살을 맞고 피를 흘리며 절뚝절뚝 걸어가고 있었다. 파트로클로스는 그를 붙잡으며 말했다.

"이보게! 내가 도와주겠네!"

파트로클로스는 창을 어깨에 걸쳐서 양손으로 잡은 뒤 에우리폴로스를 부축해서 막사로 데려다주었다.

파트로클로스가 곧바로 다시 나가려 하자 에우리폴로스가 부탁했다.

"여보게, 친구. 화살을 좀 뽑아주겠나?"

파트로클로스는 단검으로 박힌 화살촉을 빼내고 포도주로 상처를 씻은 다음 붕대를 감아주었다.

한편 그리스 진영이 시간을 지체하고 있는 동안 트로이아 진영의 헥토르는 전투 준비를 서둘렀다.

"최전방 부대는 저 도랑을 건너라!"

도랑이라는 것은 그리스군이 들판에 파놓은 해자였다. 말들은 그 앞에서 건너지 못하고 머뭇거렸다. 해자는 물도 깊었지만 뾰족하게 깎은 말뚝이 잔뜩 성난 이빨처럼 바닥에 박혀 있었다.

"말들은 도무지 건널 수가 없습니다."

"그렇다면 말들은 놔두고 전차병들까지 모두 도보로 건너라!"

보병들은 물속에 들어가 말뚝을 살살 피해 헤엄쳐서 해자를 건너 그리스 진영으로 쳐들어갔다. 헥토르와 파리스, 헬레노스와 아이네이아스★, 그리고 사르페돈을 필두로 트로이아 동맹군은 촘촘하게 진영을 만들었다.

"방패를 앞에 세워라!"

무수한 소가죽 방패로 방벽을 만들고 그리스의 방어벽을 향해 돌진하기 시작했다. 화살이 사정없이 날아와 방패에 꽂혔고, 전차들이 드나드는 그리스군의 방어벽을 뚫기는 힘들었다. 후퇴한 그리스 병사들은 그 방어벽 앞에서 그야말로 아비규환이었다.

"문을 열어라! 우리가 돌아왔다! 문을 열란 말이다!"

그리스군들이 다급하게 외쳤다. 하지만 적들과 뒤섞여 있으니 함부로 문을 열 수 없었다. 그때였다. 난데없이 날아온 독수리 한 마

여기서 잠깐!!

헥토르 다음으로 용맹한 장수야. 다르다니아의 왕 안키세스와 아프로디테 사이에서 낳은 아들이라 신의 혈통을 타고났지. 그래서인지 트로이아 전쟁에서 각별하게 신들의 보호를 받았다고 해. 디오메데스와 싸우다 부상당했을 때는 어머니 아프로디테가 구해주었고, 아폴론이 피신시켜주는가 하면, 아킬레우스와 싸울 때는 포세이돈이 구해줬다고 하지. 그리스 신화와 로마 신화의 연결 고리가 되는 인물로 로마의 시조라고 할 수 있지.

리가 트로이아군의 머리 위를 돌더니 싸움터 한가운데 살아 있는 빨간 뱀 한 마리를 떨어뜨렸다.

"이것은 무슨 징조이냐?"

"제우스 신의 뜻인 것 같습니다! 나쁜 징조입니다! 오늘은 더 이상 공격하면 안 되겠습니다."

하지만 헥토르의 생각은 달랐다.

"아니다. 가장 좋은 징조다. 저 빨간 뱀은 그리스인이다. 우리가 조국을 위해 싸우는 것이 가장 좋은 일 아니겠는가?"

그 한마디에 트로이아 군사들은 모두 함성을 질렀다. 헥토르를 따라 그리스군들을 완전히 끝장내기 위해 이를 악물고 공격했다. 가까운 곳에서는 사르페돈의 사촌 글라우코스와 병사들이 그리스의 방어벽을 돌파하기 위해 사자처럼 달려갔다.

"구멍을 뚫어라!"

트로이아군은 방어벽을 향해 마구 돌을 던지고 커다란 기구를 꽂아대자 마침내 방어벽이 부서지더니 구멍이 뚫렸다. 그러나 그리스인들이 개미같이 달라붙어 구멍 속으로 칼과 창을 쑤셔대는 터에 도무지 돌파할 수 없었다. 게다가 그 구멍으로 화살이 날아와 글라우코스의 팔에 맞았다. 그가 부상을 입자 트로이아군의 공격이 주춤하더니 퇴각할 수밖에 없었다.

방어벽은 고슴도치처럼 칼과 창, 화살이 꽂힌 자국이 선명했다. 방어벽 전체를 무너뜨리려는 자와 막으려는 자의 고함과 병장기가 부딪치는 소리가 난무했다.

"저 문짝을 빨리 부숴라!"

트로이아군은 커다란 공성기로 방어벽의 문짝을 몇 번 때려댔다. 하지만 그들은 모르는 것이 있었다. 그리스군은 안에서 또 다른 방어벽을 만들어두었던 것이다. 그리스군은 방어벽 위에서 트로이아군의 머리 위로 돌멩이와 화살과 창을 무수히 날렸다.

이때 괴력을 가진 헥토르는 바위를 머리 위로 번쩍 들어 올리더니 문짝을 향해 힘껏 던졌다. 돌에 맞은 문짝의 파편이 사방으로 튀었다. 마침내 방어벽이 깨지고 문이 열렸다.

"나를 따르라!"

헥토르는 가장 먼저 방어벽 안으로 뛰어들었다. 방어벽이 깨지는 것을 보고 트로이아 군사들의 사기가 치솟았다.

"그리스 놈들을 모조리 죽이자!"

그들은 첫 번째 방어벽을 통과한 뒤 두 번째 방어벽으로 접근했다. 트로이아군이 물밀듯이 밀려들자 그리스군은 허둥지둥 도망쳐 뒤쪽에 세워놓은 배 위로 올라갔다. 제우스는 올림포스산에서 자신이 응원하는 트로이아군이 방어벽을 뚫고 그리스군을 짓밟는 것을 보자 안심했다. 이 정도면 트로이아가 이길 수 있다고 여겼다.

그러나 바다의 신 포세이돈은 이대로 지켜볼 수 없었다. 그리스군이 거의 패퇴하기 직전에 그는 마차에 말을 매고 활을 들어 바다 밑에서 지상으로 올라왔다. 바다에 있는 모든 괴물들이 그와 함께 바닷가로 달려왔다.

그리스 진영 바로 옆으로 거친 파도와 함께 포세이돈이 나타났다. 포세이돈은 허공으로 치솟자마자 마차와 말을 놔두고 사라져버렸다. 그는 사람으로 변신하여 그리스군 사이에 들어가서 용기를 북돋웠다.

"한 발짝도 물러나지 마라! 저자들을 이길 수 있다! 포세이돈이 너희를 밀어주고 있다!"

그 말을 듣자 갑자기 그리스 군사들의 가슴에서 용기가 샘솟았다.

"신이 우리와 함께하신다!"

포세이돈이 격려하며 기운을 북돋우자 그리스군은 강철 같은 힘을 발휘했다. 마침내 지친 트로이아군이 방어벽 뒤로 물러나기 시작했다.

접전이 벌어지는 가운데 헥토르와 아이아스가 맞닥뜨렸다. 양쪽 진영의 대표적인 무사인 그들은 첫눈에 상대를 알아보았다. 선공을 한 것은 아이아스였다. 그는 바위를 번쩍 집어 들어 헥토르에게 날렸다. 바위는 방패를 들고 있는 헥토르의 팔과 투구 턱끈 아래를 때렸다. 그 충격에 헥토르는 저만치 나뒹굴었다. 이를 본 군사들이 재빨리 그를 방패로 둘러쌌다. 앞쪽은 방패로 가리고 뒤쪽은 터서 헥토르를 빼내 피신시키려는 것이었다. 정신을 잃고 시체처럼 늘어진 채 끌려 나오는 헥토르를 보자 그리스 군사들은 용기백배했다.

"헥토르가 죽었다! 공격하라!"

그리스인들은 방어벽을 지나고 도랑을 넘어 트로이아군을 원래 있던 곳으로 퇴각시켰다. 뒤늦게 전세가 뒤집힌 것을 알게 된 제우스는 깜짝 놀랐다.

"조금 전까지 이기고 있던 싸움이 왜 이렇게 된 것이냐? 아폴론을 데려오너라."

순식간에 태양의 신이자 활의 신 아폴론이 나타났다.

"너는 가서 헥토르에게 새로이 생명을 불어넣고 강력한 힘을 주고 오너라!"

"알겠습니다!"

아폴론은 빛의 속도로 지상에 내려왔다. 그때 헥토르는 치료를 받고 있었다. 아폴론이 새로운 생명과 힘을 불어넣는 순간 헥토르는 벌떡 일어났다.

헥토르는 정신을 차리고 소리쳤다.

"내가 이러고 있을 때가 아니다."

"안 됩니다. 아직 부상이 회복되지 않았습니다."

"제우스 신이 나에게 힘을 주셨다! 모두 나를 따르라!"

헥토르는 새 갑옷을 걸쳐 입고 다시 싸움터로 나갔다. 승리를 확신하며 밀어붙이고 있던 그리스 병사들은 모두 기겁했다. 분명히 죽은 것처럼 실려 나갔던 헥토르가 다시 생생히 살아난 것이다.

"헥토르는 신이다! 사람이 아니다! 도망쳐라!"

그리스 병사들은 뒤도 돌아보지 않고 흩어지더니 선단 쪽으로 도망쳤다. 하지만 끝까지 버틴 것은 아이아스와 맨 앞에 있는 용맹한 결사대였다. 그들은 끝까지 헥토르와 맞서 싸웠다.

지금의 헥토르는 이전의 헥토르가 아니었다. 신의 힘을 받은 그는 전차를 타고 벼락처럼 소리치며 번개 같은 기세로 달려왔다. 막아서는 그리스군을 마구 깔아뭉개며 돌진했다. 그리스군의 최전선 방어벽은 또다시 무너졌다. 벌판과 해자와 방어벽 앞에는 수많은 병사들의 시체들이 산더미처럼 쌓였다. 하루 종일 끔찍한 장면의 연속이었다. 트로이아 병사들은 그리스 병사들의 갑옷과 투구와 무기들을 챙기기에 바빴다.

그때 헥토르가 외쳤다.

"지금은 전리품을 챙길 때가 아니다! 그리스 선단들을 모두 불질러야 한다! 얼쩡대거나 제일 늦게 달려가는 놈은 내가 죽이겠다!"

헥토르가 채찍을 허공에 대고 휘두르자 날카로운 소리가 울려 퍼졌다. 전차들이 제우스의 벼락과 같은 소리를 내며 달렸다. 그들이 던지는 창은 제우스의 번개 같았다. 이번에는 말들도 해자 앞에서 주춤거리지 않았다. 그대로 달려서 단숨에 해자를 건너고 시체를 뛰어넘었다. 방어 벽도 뛰어넘으며 그리스 병사들을 쓸어버렸다. 도저히 사람의 힘으로 맞서 싸울 수 있는 군대가 아니었다.

그리스군은 자신들이 타고 온 전함의 갑판 위로 올라가 마땅한 무기도 없이 갈고리만 휘둘렀다. 헥토르는 넘치는 기세로 격렬한 전투를 계속 지휘했다. 그의 머리 위에는 제우스와 아폴론이 부여한 아우라가 빛났다. 그 누구도 똑바로 눈을 뜨고 바라볼 수 없었다. 그가 외치는 소리는 천둥과 같았다.

"저 배들을 모조리 불태워라! 그리스군이 돌아갈 수 없도록! 바닷속은 그들의 무덤이 될 것이다."

트로이아 병사들은 가지고 있던 불씨로 횃불을 만들어 헥토르의 뒤를 따랐다. 층층이 쌓인 죽은 자들의 몸을 딛고 배 위로 올라가려고 했다. 그리스군은 필사적으로 막았다. 그들이 배 위로 올라오는 순간 전세를 뒤집을 수 없기 때문이었다.

헥토르

트로이아의 왕자이자 훌륭한 전사
로, 가족과 나라를 지키기 위해 싸
웠어. 트로이아의 총사령관으로
전쟁에 나섰지만, 아킬레우스와의
결투에서 패배해 죽고 말아. 동생
파리스가 잘못을 저질러 전쟁이 일
어났지만 헥토르는 자신의 목숨보
다 가족과 나라를 더 중요하게 여
긴 진정한 리더야. 끝까지 자신을
희생하는 용기와 책임감을 잃지 않
았지.

이때 아이아스가 외쳤다.

"헥토르를 막아라! 저자가 배 위를 맘껏 헤집고 다녀서는 안 된다!"

아이아스는 나란히 붙어 있는 배들 사이를 건너 뛰어다니며 지휘했다. 그리고 사람 키의 몇 배나 되는 갈고리로 적군들을 마구 찔렀다. 불이 붙은 배는 널판자가 타고 고물이 무너져 내리기 시작했다.

헥토르는 더 큰 소리로 명령을 내렸다.

"불을 질러라! 한 척도 남기지 말고 불태워라!"

파트로클로스는 이때 비로소 에우리폴로스의 막사에서 나왔다.

"도대체 이게 어떻게 된 일인가?"

그는 깜짝 놀랐다. 선단의 절반 이상이 불길에 휩싸여 있었다. 그리스의 패배를 눈앞에 두고 있는 것 같았다. 전투는 바야흐로 절정을 향해 달려가고 있었다.

10

파트로클로스의 죽음

아킬레우스의 둘도 없는 친구 파트로클로스는 처참한 상황을 보고
눈물을 흘리며 자신들의 막사로 달려갔다. 미르미돈군의 막사는 평온
했다. 아킬레우스는 여전히 배 위에서 전황을 살피며 그를 기다리고 있
었다.

"다녀왔네!"

"파트로클로스, 자네도 부상을 입었군."

"그렇다네. 다행히 상처가 크지는 않아."

"그나저나 자네 울고 있나, 파트로클로스? 어린아이처럼 우는 건가?
자네 아버지가 돌아가셨나? 아니면 우리 아버지가 돌아가셨나? 아니면

죗값을 치르고 있는 저 그리스인들이 불쌍해서 우는 건가?"

아킬레우스는 잔뜩 비아냥거렸다. 그리스인들의 죽음 앞에서도 그의 가슴은 너무나 싸늘하고 차가웠다.

"이보게 친구, 그리스인들이 죽는 게 자신들의 죗값을 치르는 것이라고 생각하나?"

"그게 아니면 무엇인가?"

"한 사람의 어리석음 때문에 죽어가는 걸세. 그 한 사람이 누군지는 자네도 알고 있지 않은가?"

"그야 물론 아가멤논이지."

"그렇다네. 하지만 아가멤논은 자신의 잘못을 깨닫고 사과의 뜻을 밝히지 않았는가? 그런데 자네가 거절했지."

아킬레우스의 얼굴이 더욱 굳어졌다. 파트로클로스는 늙은 네스토르가 했던 말이 떠올랐다.

"네스토르 왕께서 말씀하시더군. 자네가 나가지 않을 거라면 차라리 누군가 자네인 것처럼 꾸며서 전차를 타고 나가는 것이 어떠냐고 말이야. 얼마나 다급하면 그런 얘기를 했겠나? 차라리 내가 나갈 테니 자네의 전차와 갑옷을 빌려주게. 그러면 저들의 기세가 꺾일 것이야. 그렇게 해서라도 이 전투를 잠시 쉬게 해야 하네. 그렇게만 된다면 우리 2천 미르미돈군이 싸움을 끝낼 수 있지 않겠나?"

아킬레우스는 고개를 저었다.

"나는 이미 맹세했네. 헥토르가 우리 배에까지 쳐들어오기 전에는 싸우지 않겠다고. 그들은 아직 가까이 오지 않았어."

아킬레우스의 목소리도 떨렸다. 섣부른 맹세를 지킬 수밖에 없는 자신의 처지도 답답했던 것이다.

"그러니 내가 나가겠네. 자네는 맹세를 지키게."

파트로클로스의 말대로 한다면 맹세도 지키고 전투를 도와줄 수도 있을 것 같았다. 그야말로 지혜로운 대안이었다. 하지만 아킬레우스는 왠지 찜찜했다. 모든 일에 당당하게 맞서던 자신의 입장에서 볼 때 도무지 탐탁지 않았다. 하지만 자신을 바라보는 친구의 눈빛은 이글이글 타오르고 있었다.

"알았네. 자네의 마음이 그토록 간절하니 내 갑옷과 말을 빌려주겠네. 자네는 나하고 체격도 비슷하니 내가 나온 줄 알 걸세. 저들이 배를 다 태워버리면 우리는 고향에 돌아갈 수 없네. 자네는 나가서 저들이 더 이상 배를 태우지 못하도록 쫓아내기만 하고 다시 돌아오게."

"알았네. 그것만 해도 큰 도움이 될 걸세."

"명심하게. 절대 후퇴하는 적들을 뒤쫓아 그들의 진영까지 들어가서는 안 되네."

아킬레우스는 신신당부를 하고, 모처럼 긴장하고 있는 병사들에게 명령을 내렸다.

"출전이다!"

오랫동안 쉬고 있던 아킬레우스의 정예 병사들은 모두 기지개를 켜고 일어나 긴장감 속에서 발 빠르게 전투 준비를 했다. 그사이 파트로클로스는 아킬레우스의 황금 갑옷을 걸쳤다. 이 갑옷이야말로 아킬레우스의 상징이며 어느 누구든 멀리서 보기만 해도 두려움에 떨었다. 아킬레우스의 전차병은 아우토메돈이었다. 그 역시 출중한 무예 실력은 물론 말을 모는 기술이 신의 경지에 이를 정도였다.

서풍의 신 제피로스와 질풍의 여신 포다르게 사이에서 태어난 불사의 말 두 마리가 끌려 나왔다. 크산토스와 발리오스다. 이 말들은 포세이돈이 아킬레우스의 부모인 펠레우스와 테티스의 결혼 선물로 준 것이었다. 두 말들은 오직 아킬레우스와 파트로클로스만이 끌 수 있었다. 그리고 수명을 다하면 죽는 말 페다소스도 있었다. 페다소스는 유난히 빠르고 위험에도 물러서지 않는 용맹함을 가진 말이었다.

아우토메돈은 세 마리의 말에 멍에를 채우고 전차 앞에 맸다. 말들은 금방이라도 달려 나갈 기세였다. 전투를 고대하고 있었던 것은 말뿐만이 아니었다. 미르미돈* 병사들도 눈빛을 이글거리며 주먹을 불끈 쥐었다. 그동안 전투를 치르는 병사들에게 겁쟁이 취급을 받으면서도 나서지 못했던 그들은 분노가 가슴까지 차올라 있었다. 그들은 명령이 떨어지기만을 기다리고 있었다.

채비를 마친 파트로클로스가 날렵하게 전차에 올랐다.

"나를 따르라!"

출전 명령이 떨어졌다. 병사들은 방패를 들고 전차를 따라 트로이아군을 향해 나아갔다.

"공격하라!"

미르미돈군은 혼전이 벌어지고 있는 한가운데로 들어갔다. 트로이아군은 난데없이 나타난 군사들을 보고 깜짝 놀랐다. 더구나 적장은 무시무시한 아킬레우스였다.

"아킬레우스가 참전했다! 저 전차에 아킬레우스가 타고 있다!"

트로이아군은 두려움에 떨었다.

"도망가자! 우리에겐 죽음밖에 없다!"

헥토르의 군사들은 싸우기도 전에 지리멸렬했다. 그것을 바라보던 아킬레우스는 금 술잔에 포도주를 따라서 땅에 부으며 제우스 신에게 기도했다.

"제우스 신이시여! 저의 친구에게 영광을 주소서! 강력한 힘을 주어 저들이 선단을 포위하고 있는 적들을 물리치고 돌아오게 하소서! 그리고 다친 곳 하나 없이 계속 내 곁에 남아 있게 해주소서!"

아킬레우스의 간절한 기도는 올림포스산에 있는 제우스에게 전해졌다. 하지만 트로이아의 편을 들고 있는 제우스는 그의 기도를 들어줄 마음이 전혀 없었다.

그때 파트로클로스는 앞장서서 병사들을 지휘했다.

"우리 선단을 포위하고 있는 트로이아군들을 짓밟아라!"

오랜만의 전투에 흥분한 미르미돈 군사들

여기서 잠깐!!

미르미돈족은 매우 용맹하고 충성스러운 전사들로 유명했어. 그들의 이름은 '개미'를 뜻하는 그리스어 미르메크스에서 유래했다고 해. 아이기나섬에 전염병이 돌아 인구가 급격히 줄어들자 아이아코스가 제우스에게 도움을 청했고, 제우스는 개미들을 인간으로 변신시켰다는 설이 있어. 이들은 개미의 특성을 닮아 매우 근면하고 조직적이며 충실한 종족이었지. 아이아코스의 손자가 바로 아킬레우스야. 아버지 펠레우스가 프티아로 망명하면서 미르미돈족도 영역을 확장했지. 아킬레우스의 부하들답게 아주 강한 군대였고, 전쟁의 승패를 좌우할 능력을 갖고 있었어.

은 트로이아군에게 달려가 무자비하게 찌르고 베어 쓰러뜨렸다. 트로이아군은 강한 기세에 밀려 저항해보기도 전에 주검이 되었다. 선단을 둘러싸고 있던 가장 용맹한 헥토르의 군사들은 순식간에 진압되었고 불길도 꺼졌다. 트로이아군은 후퇴하기 시작했다.

"후퇴하라! 아킬레우스가 나타났다!"

그들은 해자를 건너 삽시간에 평원으로 밀려났다. 해자는 부서진 전차와 시체들로 가득 메워졌다. 전차에서 빠져나온 말들은 천지 사방을 미친 듯이 날뛰었다.

"한 놈도 남기지 말고 모조리 죽여라!"

파트로클로스의 명령에 전차는 나는 듯이 해자를 뛰어넘었다. 그는 들판을 떠돌아다니는 수많은 말들을 한쪽 방향으로 몰았다. 귀신같은 솜씨로 말들을 그리스 진영으로 몰고 왔다. 어마어마한 전리품을 가지고 온 것이었다.

또다시 밀고 당기는 격전 속에서 수많은 병사들이 죽어나갔다. 트로이아 동맹군의 사령관이었던 리키아의 왕 사르페돈도 파트로클로스가 던진 창에 맞아 전사했다. 트로이아군이 사르페돈의 시신을 확보하려고 덤벼들었다. 그리스군도 그의 시신을 놓치지 않으려고 했다. 서로 시신을 빼앗으려고 전투가 벌어졌다.

"시신을 빼앗아 와야 한다! 가장 큰 전리품이다!"

격렬한 전투 끝에 사르페돈의 시신은 그리스군이 차지하게 되었다. 그리스군은 갑옷을 벗겨내고 투구를 흔들며 기뻐했다.

"만세! 만세!"

그러나 그것은 경솔한 행동이었다. 누군가 이것을 지켜보고 있었던 것이다. 바로 신들의 아버지 제우스였다. 사르페돈은 제우스가 인간인 라오다메이아와 관계를 맺고 낳은 아들이다.

"내 아들의 시신을 능욕하는 자들을 그냥 두지 않겠다."

제우스의 신통한 조화에 의해 사르페돈의 시신은 갑자기 사라졌다. 어디로 갔는지 아무도 알 수 없었다. 제우스의 명을 받은 잠의 신 힙노스와 죽음의 신 타나토스가 날개를 휘저으며 내려와 사르페돈의 시신을 순식간에 리키아로 옮겨 갔다. 그의 고향에서 성대한 장례식을 치르게 해주려는 제우스의 뜻이었다. 잠깐 잠든 사이에 시신이 사라진 것이었다.

전세가 단숨에 역전되고 트로이아군의 사령관 중 하나도 죽자 파트로클로스의 기세는 하늘을 찌를 듯했다. 그래서 트로이아군을 절대 추격하지 말라던 아킬레우스의 당부를 잊어버렸다. 제우스는 아들인 사르페돈의 죽음을 어떻게 복수할지 생각하다 파트로클로스를 발견했다.

"저놈이 미쳐 날뛰다 죽게 해야겠다."

일순간 파트로클로스의 머리에 갑자기 광기가 솟구쳤다. 자신이 움직이는 족족 헥토르의 군사들이 모조리 쓰러질 것만 같았다. 그는 아킬레우스의 당부를 까맣게 잊은 채 퇴각하는 트로이아군을 쫓아갔다.

"아우토메돈! 말을 몰아라! 트로이아군을 끝까지 추격해라!"

전차병은 미친 듯이 채찍을 휘둘렀다. 파트로클로스는 닥치는 대로 트로이아 군사들을 찌르고 베었다. 그러다 어느새 따라오던 보병들과 멀리 떨어지고 말았다. 그는 트로이아의 성벽 밑에까지 이르렀다.

"내가 이 성을 점령하고야 말겠다!"

파트로클로스는 방패를 든 채 성벽에 매달려 바위와 바위 사이를 올라갔다. 무모한 행동이라는 것조차 깨닫지 못했다. 제우스가 그를 조종하고 있었기 때문이다. 성 위에서 화살과 돌들이 빗발치듯 떨어졌다. 방패에 맞아 몇 차례 떨어지고 나서야 그는 뒤로 물러났다. 헥토르는 성 앞 대로에 서서 미쳐 날뛰는 파트로클로스를 발견하고 공격 태세를 갖췄다.

"아킬레우스, 이번에는 내가 승부를 내고야 말겠다. 모두 저자를 공격하라."

일제히 공격 명령이 떨어졌다.

이때까지만 해도 헥토르는 그가 아킬레우스인 줄 알았다.

헥토르의 황금 전차가 달려오는 것을 보고 파트로클로스는 바위 하나를 집어 들었다. 평소에는 들 수 없었던 어마어마한 크기의 바위를 광기의 힘으로 들어 올려 헥토르를 향해 던졌다. 날아온 바윗덩이는 그대로 전차병을 맞췄다. 헥토르의 전차병 케브리오네스는 전차에서 떨어져 죽고 말았다.

그 뒤로도 파트로클로스는 혼자 트로이아군의 진지를 유린하고 다녔다. 파트로클로스의 칼과 창에 수십 명의 트로이아 군사들이 풀처럼 쓰러졌다. 그제야 미르미돈 군대가 성 앞에 도착해 함께 공격했다.

전투가 어떻게 끝날지는 한 치 앞도 예측할 수 없었다. 세 번의 공격으로 파트로클로스는 헥토르의 군대에 엄청난 피해를 입혔다. 네 번째 공격을 하려는 순간 아폴론이 와서 그의 등을 쳤다. 그는 트로이아의 편을 들고 있었다. 알 수 없는 충격에 파트로클로스가 휘청거리는 순간 투구가 벗겨져 땅바닥에 떨어졌다. 그의 얼굴이 드러나자 트로이아의 군사들은 그가 아킬레우스가 아니라는 사실을 알게 되었다.

"저자는 아킬레우스가 아니다. 한낱 인간일 뿐이다."

"그렇다면 내가 저자를 죽이겠다!"

공로를 세우려는 자들이 벌떼처럼 달려들어 파트로클로스를 포위했다. 트로이아의 병사가 너도 나도 창으로 그를 찌르려 했다. 그때 다가온 헥토르가 병사의 창을 잡아당겼다.

"이자는 내가 직접 죽일 것이다."

헥토르는 파트로클로스의 배를 찔러 쓰러뜨린 뒤 창으로 목을 그어 버렸다.

"으윽!"

제우스의 저주를 받아 미친 듯이 날뛰던 파트로클로스는 그렇게 최후를 맞이했다. 쓰러진 파트로클로스는 피를 흘리며 마지막 정신을 모아 헥토르를 바라보았다.

"아, 그대가 헥토르로군!"

"네놈은 진짜 아킬레우스가 아니로구나!"

"너도 곧 죽을 것이다! 이 성문 앞에서 이 갑옷의 주인에게 죽을 것이야! 아킬레우스가 결코 너를 살려두지 않을 것이다."

그 말은 저주에 가까웠다.

이를 지켜보던 트로이아 군사들이 두려움에 술렁거렸다.

"죽어가는 사람은 이미 신령에 가까워서 예지력이 있다고 했어!"

"정말 그렇게 되는 거 아냐?"

하지만 헥토르는 거만한 표정으로 파트로클로스를 내려다보았다.

"죽는 자가 말이 많구나!"

그의 숨이 끊어지자 헥토르는 헤파이스토스 신이 만든 아킬레우스의 황금 갑옷을 벗겼다.

"이 갑옷은 이제 나의 것이다!"

헥토르는 자기 갑옷을 벗고 부하에게 명령했다.

"내 갑옷은 그동안 나를 지켜준 아테나 여신의 신전에 바쳐라! 나는 새로운 갑옷을 입으리라."

헥토르는 아킬레우스의 갑옷을 입고 전장으로 뛰어갔다.

태양이 하늘 한가운데를 지나갈 때까지도 전투는 멈추지 않았다. 이번에는 파트로클로스의 시신을 둘러싸고 양측의 전투가 벌어졌다. 그리스군은 파트로클로스를 데려와 정중히 장례를 치러주고 싶었다. 무엇보다 아킬레우스를 대신해 용맹하게 싸워 전세를 역전시킨 파트로클로스의 명예를 지켜주고 싶었다.

파트로클로스의 전차를 몰던 아우토메돈은 더 이상 싸울 수 없었다. 페다소스는 이미 죽었고, 발리오스와 크산토스는 주인을 잃고 전의를 상실했기 때문이다. 두 말은 슬픔에 겨워 고개를 떨군 채 싸우려 하지도 도망가려 하지도 않았다.

제우스는 두 마리의 말들을 내려다보았다.

"저 말들조차 파트로클로스의 죽음을 슬퍼하는구나."

제우스는 말들의 아버지인 제피로스를 생각해서 푹 숙인 목과 다리에 힘을 넣어주었다. 말들이 움직이자 아우토메돈은 갑자기 전사가 된 느낌이었다. 그는 다시 말들을 끌고 싸움터에 뛰어들었다.

해가 서쪽으로 기울 무렵 전황은 서서히 그리스 쪽에 불리하게 흘러 갔다. 그리스군은 후퇴하기 시작했고, 트로이아군은 기세를 놓치지 않 고 공격했다. 하지만 미르미돈 군사들은 자신들을 이끌었던 파트로클 로스의 시신을 적진에 두고 올 수 없었다.

11

복수는 나의 것

　파트로클로스의 죽음을 알리기 위해 아킬레우스가 있는 선단 쪽으로 달려가는 사람은 네스토르의 아들 안틸로코스*였다. 그 또한 아킬레우스와 우의가 돈독한 친구였다.

　아킬레우스는 막사 안에서 서성대고 있었다. 전투 결과를 궁금해하며 친구가 무사히 돌아오기만을 기다렸다.

　안틸로코스는 막사에 들어가자마자 무릎을 꿇고 말했다.

　"장군! 파트로클로스 장군이 돌아가셨습니다. 그의 시신을 두고 양측의 쟁탈전이 벌어지고 있습니다. 갑옷은 헥토르가 모두 벗겨 갔고 시신만이라도 모셔 오려고 애쓰고 있습니다."

그 순간 아킬레우스는 오열하기 시작했다.

"으흑흑!"

아킬레우스에게 가장 큰 슬픔이었다. 제우스 신께 기도까지 했건만 염려했던 일이 끝내 벌어지고 말았다. 가장 친한 친구를 잃은 슬픔에 화로의 재와 검은 먼지를 꺼내서 머리에 뒤집어썼다.

"왜 이러십니까?"

안틸로코스가 만류했다.

"내 친구! 내 친구! 파트로클로스! 그가 죽다니! 아아아!"

하늘이 무너지는 슬픔이었다. 격렬하게 흐느끼는 아킬레우스의 울음소리는 바다의 요정인 어머니 테티스에게까지 전해졌다. 어느새 테티스가 나타나 다정하게 머리를 어루만지자 아킬레우스는 눈물을 흘리며 말했다.

"어머니! 저는 반드시 그자를 죽일 것입니다. 저의 가장 소중한 친구를 죽인 자입니다. 내 목숨을 걸고서라도 기필코 그자를 죽일 것입니다."

테티스는 안타까워하며 아들을 껴안았다.

"아들아! 너는 갑옷도 없지 않으냐. 맨몸으

여기서 잠깐!!

안틸로코스는 잘생기고 달리기에 능했다고 해. 아킬레우스가 가장 총애한 사람은 파트로클로스이고, 두 번째로 총애한 사람이 안틸로코스야. 그는 적에게 포위된 아버지 네스토르를 구하기 위해 뛰어들었다가 에티오피아의 왕 멤논의 창에 찔려 죽었다고도 해. 나중에 그의 시신이 아킬레우스와 파트로클로스와 함께 묻혔다는 것을 보면 거의 삼총사 수준의 우정을 나누었다고 할 수 있지.

로 나가서 싸우다가는 아무나 던지는 창에 맞아 죽을 것이야."

아킬레우스는 흥분해서 소리쳤다.

"당장 싸우러 나가겠습니다."

"아들아, 흥분을 가라앉혀라. 내가 도와주마. 대장장이 헤파이스토스 신께 갑옷을 만들어달라고 하겠다. 잠시만 기다려라."

테티스는 이 세상에서 본 적도 들은 적도 없는 방패와 투구, 그리고 갑옷을 아들에게 만들어주기 위해 헤파이스토스를 찾아갔다.

그때 전장에서는 파트로클로스의 시신을 차지하기 위해 양측 군사들이 접전을 벌이고 있었다.

아킬레우스는 슬픔을 견디지 못해 밖으로 뛰쳐나갔다. 그는 무장도 하지 않은 채 방어벽 위에 올라섰다. 해 질 녘 노을이 그의 주위를 붉게 물들였다. 그의 몸 위로 불덩어리가 치솟는 것 같았다. 우뚝 선 그는 천둥 치는 목소리로 트로이아를 향해 외쳤다.

"내 소중한 친구를 죽인 트로이아군을 한 놈도 살려두지 않겠다! 너희의 성벽을 무너뜨리고 모두 다 불태워 버릴 것이야."

그는 세 번이나 소리를 질러 저주를 퍼부었다. 그 무시무시한 저주에 트로이아군의 전차를 끌던 말들이 해자를 건너지도 못하고 뒷걸음질을 치기 시작했다. 뼈저린 저주의 말에 트로이아 병사들의 가슴이 오그라들었다. 그리스 진영 앞까지 쫓아온 트로이아군은 아킬레우스를 보자마자 두려움에 벌벌 떨며 후퇴했다.

그제야 미르미돈 병사들은 피투성이에 먼지투성이가 된 파트로클로스의 시신을 간신히 방어벽 안으로 데려왔다. 방어벽의 문이 잠기고 파수꾼들이 방어벽 위로 올라가 적진을 감시했다. 군사들이 파트로클로스의 시신을 정중히 모셨다.

아킬레우스가 흐느끼며 다가왔다.

"파트로클로스! 나의 전차와 말을 내주지 말았어야 했는데. 내가 어리석었어. 자네를 다시는 못 보게 되다니. 세상이 무너지는 것 같구나."

갈가리 찢겨 너덜너덜해진 파트로클로스의 시신은 아킬레우스의 막사에 눕혀졌다. 그의 시종들은 모두 슬픔에 몸부림을 치며 울부짖었다. 늘 다정다감하게 대해주던 주인이었다. 그들은 흐느끼면서 알아볼 수 없을 정도로 상처 입은 몸을 깨끗이 씻기고 부드러운 천으로 감쌌다. 어둠과 함께 적막이 스며들었다.

헥토르는 그리스 진영의 방어벽이 닫히는 것을 보고 그제야 적장을 쓰러뜨렸다는 흥분을 가라앉혔다. 이때 부하들이 다가와 말했다.

"사령관님, 우리도 성안으로 들어가서 전열을 재정비하는 것이 좋겠습니다."

"맞습니다. 내일이면 분명 아킬레우스가 나타날 것입니다. 저자가 외치는 소리를 듣지 않았습니까? 물불 안 가리고 복수하려고 달려들 것입니다. 내일의 결전을 대비해서 힘을 비축해야 합니다."

"방어벽을 구축하는 것이 좋겠습니다."

하지만 헥토르는 고개를 저었다.

"성안에는 이미 우리가 들어갈 자리가 없다. 피난민들이 가득 들어오지 않았느냐! 아킬레우스 따위 두렵지 않다. 내가 얼마든지 맞서주지. 자기 대신 친구를 내보내는 어리석은 사내 같으니라고!"

헥토르는 아킬레우스의 황금빛 갑옷을 입은 자신의 가슴을 소리 나게 두들겼다. 트로이아 동맹군이 피운 모닥불이 다시 은하수처럼 평원의 어둠을 밝혔다.

아킬레우스의 막사 부근은 온통 울음소리뿐이었다. 미르미돈 병사들은 파트로클로스의 죽음을 애도했다. 그의 시신을 어루만지는 아킬레우스의 가슴은 슬픔과 원한과 증오로 들끓었다.

그때 올림포스산에서 대장장이 신 헤파이스토스는 바쁘게 일하고 있었다. 테티스가 아들 아킬레우스를 위해 신들이 입는 갑옷을 만들어 달라고 부탁했기 때문이다. 그는 황소 스무 마리의 가죽을 이어 만든 거대한 풀무를 움직여 바람을 일으켰다. 바람이 들어갈 때마다 청동과 은과 주석과 금을 녹인 쇳물이 빛을 뿜어냈다.

헤파이스토스는 장딴지를 막아주고 가슴을 보호하는 갑옷을 하나하나 두들겨서 만들었다. 뿐만 아니라 방패에는 각종 그림을 집어넣었다. 남녀가 춤추는 그림부터 도시와 바다와 전투와 사냥, 그리고 평원과 포도송이 등을 새겨 넣었다. 마침내 새벽이 되자 테티스는 헤파이스토스에게 멋진 갑옷을 받아 들었다.

"감사합니다. 제 아들을 위해 베풀어주신 은혜를 잊지 않겠습니다."

헤파이스토스는 피곤하다는 듯 어서 가라고 손짓했다. 테티스는 올림포스산을 내려와 바람처럼 날아갔다.

테티스는 아킬레우스에게 새로운 갑옷을 건네주었다.

"헤파이스토스 신께서 직접 만든 갑옷이다. 이것이 너를 지켜줄 것이야."

아킬레우스는 몸에 꼭 맞는 갑옷을 입자 가슴속에 뜨거운 자신감과 용기가 솟아났다. 그것은 적개심이라는 기름을 만나 활활 타올랐다.

이때 오디세우스가 그를 찾아왔다.

"아킬레우스!"

"무슨 일이십니까?"

"자네가 얼마나 큰 슬픔에 빠졌는지 잘 아네. 분노를 참지 못하고 복수하기 위해 나가려는 것이겠지."

오디세우스는 차분하게 말을 이었다.

"하지만 지금 무턱대고 군대를 끌고 나가는 것은 바람직하지 못한 일이네."

"지금 저 들판을 보십시오. 어마어마한 시체들이 나뒹굴고 있지 않습니까?"

"그보다 먼저 할 일이 있네. 모든 일에는 순서와 절차가 있는 법이지."

"어떤 절차가 필요하단 말입니까?"

"자네가 전투에 나가는 것은 맹세를 깨뜨리는 일이네. 그러면 명분이 있어야 하지 않겠는가?"

"내 친구가 적의 손에 죽었습니다. 그보다 더한 명분이 어디 있겠습니까?"

"먼저 아가멤논 왕과 화해하게. 그리하여 모든 병사들에게 용기를 불어넣어야 하네. 우리가 이제 비로소 하나가 되었다는 것을 알려야 해. 그리고 나서 신들에게 제물을 바치고 제를 올려서 신들의 도움을 구해야 하네. 아가멤논 왕이 사과의 뜻으로 주기로 한 선물을 받고 화해의 뜻을 밝혀야 나가서 싸울 수 있네."

아킬레우스는 지혜로운 오디세우스의 말에 수긍했다.

아가멤논은 그 소식을 듣고 앞서 약속했던 선물을 모두 건네주었다. 신하들이 아킬레우스에게 선물을 전하면서 대신 용서를 구했다.

"저희 왕의 허물을 용서해주십시오. 화해를 받아들여 주셔서 감사합니다."

하지만 아킬레우스는 금은보화와 노예들, 심지어 환하게 웃으며 다가오는 브리세이스조차 눈에 들어오지 않았다. 원수인 헥토르를 죽이러 나가기 위해 받아들였을 뿐이다. 아가멤논과 아킬레우스는 모든 병사들이 보는 앞에서 화해했다.

"만세! 만세!"

군사들의 환호성이 온 평원을 울렸다.

미르미돈 병사와 그리스 병사들은 함께 아침 식사를 했다.

"이제 곧 힘든 전투를 해야 하니 양껏 먹고 힘을 보충합시다."

그러나 아킬레우스는 살진 양고기와 포도주를 앞에 두고도 고개를 저었다.★

"내 원수가 시퍼렇게 눈을 뜨고 있는 한 아무것도 먹지 않겠다. 내 손으로 직접 원수를 죽이고 나서 축배의 잔을 들 것이다."

그러자 인간의 언어를 할 줄 아는 말인 크산토스가 말했다.

"아킬레우스 장군이시여! 주인님의 소중한 친구를 잃게 되어 저희도 슬픕니다."

헤라가 크산토스에게 딱 한 번 인간의 말을 할 수 있는 능력을 부여

한 것이었다. 그리하여 크산토스는 신들의 예
언을 들려주었다.

"우리도 아버지이신 서풍의 신처럼 내달리
고 싶습니다. 하지만 우리가 아무리 빨리 달려
도 장군님의 운명은 정해져 있습니다. 장군님
은 이 전쟁에서 죽게 될 것입니다."

아킬레우스가 대답했다.

"나도 알고 있다. 그것이 나의 운명이라면
어찌할 수 없지 않은가? 하지만 헥토르가 살
아 있는 한 그자와의 싸움을 피할 수는 없다.
내가 죽기 전까지만이라도 전력을 다해 달려
다오."

두 마리의 말은 고개를 끄덕이며 전장으로
내달릴 준비를 했다.

아킬레우스는 군사를 이끌고 평원을 내달
리며 트로이아군을 무찔렀다. 그는 미친 사람
처럼 트로이아 군사들을 닥치는 대로 죽였다.
병사들의 피로 시뻘건 강물이 흘렀다.

아킬레우스가 지나가는 곳마다 모든 대지
가 붉은 피로 물들고, 어느새 말들은 시체들
위를 달리고 있었다. 신들린 사람처럼 몰아붙
이는 터에 트로이아군은 어느새 성문 앞까지

여기서
잠깐!!

이 장면은 마치 《삼국지》에서 관우
가 적장을 베러 나갈 때 술잔을 권유
받았지만 다녀와서 마신다고 했던
것과 흡사해. 영웅들은 할 일이 있으
면 이렇게 음식을 먹으면서 시간을
낭비하지 않는다는 걸 보여주지. 왜
냐하면 행동을 지체할수록 늦어지
고 그로 인해 원하는 결과를 얻기 힘
들 수도 있기 때문이야.

밀려났다.

"우리 군사들이 돌아온다! 빨리 문을 열어라!"

성문을 열자 모든 병사들이 성안으로 들어갔다. 하지만 헥토르만은 창을 쥔 채 대지에 박힌 것처럼 서 있었다. 성벽 위에서 이 모든 것을 보고 있던 프리아모스 왕이 아들에게 외쳤다.

"헥토르! 빨리 피하거라! 저자는 인간이 아니다!"

갑옷을 입고 바람처럼 달려오는 아킬레우스의 모습은 죽음의 화신 같았다.

성안에 있는 모든 사람들이 목이 터져라 외쳤다.

"사령관님, 어서 들어오세요!"

"위험해요! 빨리요!"

하지만 헥토르의 귀에는 아무 소리도 들리지 않는 듯했다. 마치 운명이 그의 두 다리를 꼼짝달싹 못 하게 붙들고 있는 것 같았다. 그는 아킬레우스를 기다리고 있었다.

그는 점점 가까워지는 아킬레우스를 보며 생각했다.

'나도 어차피 오래 살지는 못한다. 수없이 많은 부하들이 죽었다. 진즉에 성안으로 대피했다면 이런 개죽음은 피했을 텐데.'

헥토르는 지휘관으로서 자신의 잘못을 깨닫고 몸을 부르르 떨었다.

"아킬레우스를 죽여서 우리 병사들의 죽음을 되갚아줄 것이다. 그들의 원한을 풀어줄 수만 있다면 내 목숨 따위 기꺼이 내놓겠다."

아킬레우스는 전속력으로 전차를 몰고 달려왔다. 헥토르는 먼지바람을 일으키며 다가오는 그를 보고 있으니 두려움이 온몸을 감쌌다. 한

번도 이렇게 두려웠던 적이 없다. 헥토르는 점점 가까워지고 있는 아킬
레우스의 무시무시한 기운에 압도되고 말았다.

"안 되겠다. 저자와는 도저히 상대할 수 없겠어!"

헥토르는 본능적으로 도망쳤다. 그의 전차는 트로이아 성을 따라 달
렸다. 그는 도망치는 사슴 같았고, 아킬레우스는 먹이를 쫓는 표범이나
마찬가지였다.

아킬레우스는 트로이아 성을 세 바퀴째 돌고 있는 헥토르에게 소리
쳤다.

"비겁한 헥토르! 어제 내 친구를 죽인 기세는 어디로 갔느냐? 도망가
지 말고 나의 창을 받아라."

아킬레우스는 웬만큼 거리를 좁히자 있는 힘을 다해 창을 날렸다. 바
람을 가르며 날아온 창이 헥토르의 어깨를 스쳤다. 조금만 방향을 틀었
어도 그의 가슴을 꿰뚫을 뻔했다. 정신을 차린 헥토르는 전차를 멈추고
돌아섰다.

"오냐! 더 이상 도망치지 않겠다. 네놈도 내 창을 받아라!"

헥토르도 창을 날렸다. 하지만 헤파이스토스가 만들어준 신의 방패
를 뚫지 못했다. 아킬레우스에게는 창이 하나 더 있었지만, 헥토르에게
는 더 이상 남은 창이 없었다. 이미 죽음을 각오한 그는 칼을 뽑아 들고
크게 외쳤다.

"아킬레우스! 나는 불명예스럽게 죽지 않을 것이다."

헥토르는 아킬레우스에게 달려들었다. 창과 칼의 싸움이었다. 헥토
르가 칼로 찌를 만한 거리까지 달려간 순간 아킬레우스는 들고 있던 창

을 그대로 던졌다. 아킬레우스의 황금 갑옷이 꼭 맞지 않아 벌어진 틈으로 창이 파고들어 헥토르의 목을 꿰뚫었다. 헥토르는 비틀거리다 쓰러졌다. 아킬레우스는 전차에서 뛰어내려 그에게 다가갔다.

"너의 시체는 땅속에 묻히지 못하고 들개와 까마귀들이 물어뜯을 것이다."

그는 헥토르를 내려다보며 저주의 말을 내뱉었다. 헥토르는 간신히 숨을 몰아쉬며 마지막으로 애원했다.

"아킬레우스! 우리 아버지가 금덩어리로 내 몸값을 치를 것이다! 내 시체를 우리 아버지에게 돌려드려라! 제대로 장례식을 치르게 해다오. 이것이 죽는 자의 마지막 소원이다."

하지만 아킬레우스는 원수를 직접 죽이고도 분이 풀리지 않았다. 그는 어떤 자비도 베풀 생각이 없었다.

"그런 기대는 하지 말라. 나는 너의 살을 찢어서 씹어 먹고 싶은 심정이다. 나 대신 들개들이 너를 뜯어 먹을 것이다. 네 아버지가 너의 몸무게만큼 금덩어리를 가져와도 바꿔주지 않을 것이다."

헥토르는 더 이상 비굴하게 죽지 않기로 결심했다.

"알겠다. 더 이상 너에게 애원하지 않겠다. 너의 운명이 보이는구나. 내 아우 파리스가 네놈을 죽일 것이야. 내 말을 잊지 마라."

헥토르는 안간힘을 다해 마지막 말을 내뱉고 눈을 감았다. 그의 영혼은 저승으로 떠나버렸다. 아킬레우스는 그의 몸에서 자신의 갑옷을 벗겨냈다. 그리스 병사들이 우르르 몰려와 쓰러져 죽은 헥토르의 시신을 구경했다. 트로이아 군사들은 모두 성안으로 후퇴하고 성 밖에는 아무도 없었다.

병사 하나가 창으로 죽은 헥토르의 몸을 찌르며 말했다.

"네놈 때문에 고생한 것을 생각하면 갈아 마셔도 시원치 않다."

그러자 너도 나도 창질을 해댔다. 그중에 가장 악랄한 것은 아킬레우스였다. 헥토르의 종아리 근육을 떼어내 구멍을 내고 소가죽 끈으로 매듭을 지어 전차에 묶었다. 갑옷도 전차에 싣고 전차병에게 외쳤다.

"내가 직접 전차를 몰 것이다!"

아킬레우스는 직접 고삐를 잡고 채찍으로 말의 엉덩이를 때렸다. 두 마리의 말은 헥토르의 시신을 끌고 미친 듯이 달렸다. 죽은 헥토르의 몸뚱이는 제멋대로 땅바닥에 쓸리고 튕겼다. 헥토르의 검은 머리카락은 온통 흙먼지가 뒤엉켜 가시덤불처럼 변했다. 헥토르의 시신은 온갖 치욕을 겪으며 그리스 진영으로 끌려갔다. 아킬레우스는 그렇게 죽은 파트로클로스의 원한을 풀었다.

12

아킬레우스의 운동 경기

트로이아 성의 망루에서 헥토르의 죽음을 지켜보던 여인들은 충격과 공포에 휩싸였다. 헥토르의 어머니 헤카베는 정신을 잃고 쓰러졌다가 깨어나자마자 통곡했다.

"아들아! 아들아! 흑흑흑!"

그때 헥토르의 아내 안드로마케는 집에서 꽃수를 놓으며 남편의 옷을 만들고 있었다. 시녀들은 헥토르가 돌아오면 씻을 물을 따뜻하게 덥히고 있었다. 멀리서 통곡 소리가 들리자 안드로마케는 불길한 예감이 들었다.

"이게 무슨 소리냐?"

"빨리 올라가 보십시오!"

안드로마케는 놀라서 실뭉치를 땅에 떨어뜨렸다. 밖으로 나오니 여인들의 울음소리가 성안에 울려 퍼지고 있었다. 안드로마케는 얼른 망루로 올라갔다.

성 밖에서 끔찍한 장면이 연출되고 있었다. 사랑하는 남편 헥토르가 마치 고깃덩어리처럼 아킬레우스의 전차에 매달린 채 끌려가고 있었다. 안드로마케는 그대로 실신해 쓰러졌다. 시녀들이 찬물을 끼얹고 굳어진 몸을 주물러서 깨우자 안드로마케는 겨우 눈을 뜨고는 믿을 수 없는 현실에 통곡하고 또 통곡했다.

"흑흑! 나와 우리 아이를 버려두고 혼자 가시다니요."

남편의 처참한 모습을 보니 슬픔이 하늘 끝까지 닿을 지경이었다.

안드로마케는 프리아모스 왕에게 울면서 애원했다.

"제발 남편의 시신을 데려와서 제대로 장례를 치러주세요."

장례를 치르지 않은 영혼은 저승인 하데스의 나라에 들어갈 수 없다. 그리하여 산 자들의 세계와 죽은 자들의 세계 사이에서 외롭게 떠돌아다녀야 한다. 남편의 죽음만으로도 고통스러운데, 그리스인들이 남편의 시신을 가져가 유린하고 있으니 더더욱 참담했다.

그날 밤 아킬레우스는 원수를 갚았다는 생각에 모처럼 편안하게 잠들었다. 그런데 꿈속에서 파트로클로스가 나타나 말했다.

"친구! 왜 나를 묻어주지 않는가? 저승으로 가려 해도 그들이 나를 끼워주지 않네. 나는 저승 세계의 문 앞에서 서성거리며 들어가지 못해

안타까워하고 있다네. 나를 한 번만 더 바라봐주고 나를 만져주게! 내가 저승 세계의 문으로 들어가면 다시는 나올 수 없을 테니까."

아킬레우스는 벌떡 일어나 친구를 끌어안았다. 하지만 그가 끌어안은 것은 허공뿐이었다. 형태만 보일 뿐 실체가 없는 파트로클로스의 망령은 이내 사라졌다.

아킬레우스는 부하들을 불렀다.

"당장 화장을 거행할 준비를 하라. 내 친구 파트로클로스를 편안히 보내주어야겠다."

부하들은 멀리 이다산까지 가서 나무를 베어 잘게 쪼갠 뒤 노새의 등에 싣고 왔다. 집채만 한 엄청난 양의 장작이었다.

"바람이 잘 부는 밝은 곳을 정하라."

탁 트인 해변에 장작을 쌓고 커다란 화장단이 마련되었다. 파트로클로스의 시신이 그 위에 눕혀지자 장수들과 병사들은 모두 애도하는 뜻으로 자신들의 머리카락을 잘라 화장단에 올렸다. 아킬레우스도 자신의 머리카락 한 줌을 잘라 파트로클로스의 손에 쥐어주었다.

"친구, 잘 가게! 나도 곧 따라가겠네."

아킬레우스는 부하들에게 명령했다.

"최고의 예우를 갖춰서 내 친구를 보내줘야 한다."

가축도 여러 마리 잡아서 제단에 올렸다. 파트로클로스의 전차를 끌던 말 네 마리와 그의 사냥개도 제물로 바쳐졌다. 화장단 위에는 점점 제물들이 쌓여갔다.

"내 친구의 가축들만 올릴 수는 없다. 트로이아의 제물도 바쳐라."

포로 열두 명이 끌려와서 산 채로 제단에 올려졌다. 포로들은 울부짖으며 호소했다.

"살려주시오. 제발 살려주시오."

하지만 두려움에 찬 그들의 아우성이 커질수록 아킬레우스의 광기는 더 심해졌다.

하루 종일 준비한 화장단이 완성되자 아킬레우스가 명령했다.

"기름을 부어라!"

항아리에 든 기름을 뿌리자 장작들이 기름에 흥건히 젖었다. 아킬레우스가 햇불을 들고 다가와 절규하듯이 마지막 말을 전했다.

"친구여! 슬픔을 잊고 평온한 잠에 들게!"

햇불을 갖다 대자 불어오는 바닷바람에 화장단은 금세 거대한 불덩어리가 되었다. 하늘 높이 불길이 치솟았다. 트로이아 성과 선단에서도 이 불길을 볼 수 있었다. 화장단의 불길은 밤새도록 주위를 환하게 밝혔다.

아킬레우스는 눈을 부릅뜬 채 친구가 재로 화하는 모습을 지켜보았다. 새벽이 되어서야 나무들은 완전히 타서 재가 되었다. 화장단은 불씨마저 사라지고 연기만 내뿜었다. 열기가 식자 부하들은 재가 되어버린 파트로클로스의 유해를 아킬레우스의 황금 술잔에 담았다. 평소에 파트로클로스와 함께 술을 마시곤 했던 잔이었다. 아킬레우스는 비장한 얼굴로 황금 술잔을 내려놓고 명령했다.

"이 주위에 돌을 쌓아서 방을 만들고 그 위에 흙을 덮어라. 이곳이 내 친구 파트로클로스의 무덤이다."

부하들이 커다란 돌들을 차곡차곡 쌓아 올리기 시작했다. 그러자 아킬레우스는 한 가지를 더 일렀다.

"돌을 쌓고 흙을 덮되 밀봉은 하지 마라."

부하들이 의아해하며 물었다.

"무덤은 완전히 봉해야 하는 것이 아닙니까?"

"내가 죽거든 나 역시 화장해서 이 술잔에 함께 넣은 다음 무덤을 밀봉하거라."

부하들은 깜짝 놀라며 말했다.

"왜 그런 불길한 말씀을 하시는 것입니까?"

아킬레우스는 담담하게 말했다.

"신들에 의해 나의 운명은 정해져 있다."

그리하여 한 사람 정도 드나들 수 있는 구멍을 남기고 무덤이 완성되었다.

장례식이 끝나자 아킬레우스는 후련한 얼굴로 군사들에게 말했다.

"이제 파트로클로스를 추모하는 운동 경기를 열 것이다. 모두 명예를 걸고 최선을 다해 기량을 펼쳐야 한다. 우승자들에게는 포상이 주어질 것이다."

아킬레우스의 선단에서 가져온 보물들이 진열되었다. 모든 선단의 장수와 병사들은 자신이 좋아하는 종목에 참가해 실력을 겨뤘다.

첫 번째 경기는 가장 중요한 전차 경주였다. 내로라하는 왕과 장수 다섯 명이 경기에 출전했다. 그리스 연합군에서 가장 뛰어난 전차와 말, 전차병이었다. 출발 신호와 함께 선수들이 평원을 달려 나갔다. 전차병들은 먼지구름을 일으키며 미친 듯이 채찍질을 해댔다. 이정표가 세워진 반환점을 돌아서 관중들이 기다리는 방호벽 앞의 결승점까지 맨 먼저 들어오는 사람이 이기는 것이었다.

우승자는 말의 엉덩이를 쉴 새 없이 채찍질하며 신들린 솜씨로 전차를 몬 디오메데스였다. 그에게는 여자 노예와 발이 세 개 달린 황금 솥이 주어졌다. 두 번째로 들어온 사람은 네스토르의 아들 안틸로코스였다. 그는 말을 모는 기술이 뛰어난 메넬라오스를 간신히 제쳤다. 곧이어 메넬라오스가 바람처럼 결승점을 통과했다. 2등과 3등은 혈통 좋은 암말 한 필과 조금 작은 황금 솥을 나눠 가졌다. 4등으로 크레타의 메리오네스가 들어왔고, 페라이의 왕 에우멜로스는 한참 뒤에 마지막으로 들어왔다. 에우멜로스는 전차의 멍에가 부러지는 바람에 늦었다고 했다. 아킬레우스는 최선을 다한 모두에게 포상을 했다.

화려한 전차 경기가 끝나자 군사들의 흥분은 한껏 고조되었다. 이어서 권투 경기가 벌어졌다. 권투를 잘하기로 유명한 에페이오스*와 아르고스의 지휘관인 에우리알로스가 맞붙었다. 둘 다 주먹으로 누구에게도 뒤지지 않는 사람들이었다. 두 사람은 가죽 허리띠를 차고 맨주먹으로 서로 치고 빠지며 주먹을 날렸다. 맷집이 좋은 그들은 웬만한 주먹에는 충격도 받지 않았다. 한참 동안 경기를 끌던 끝에 에페이오스가 에우리알로스의 얼굴에 일격을 가했고, 에우리알로스는 저만치 나가떨어졌다. 권투 우승 상품은 노새 한 마리였다. 에우리알로스는 얼굴이 피투성이가 된 채 패배를 인정했다.

세 번째 경기는 씨름이었다. 결승에는 아이아스와 오디세우스가 맞붙

였다. 불세출의 영웅들답게 두 사람의 실력은
막상막하 백중세였다. 거친 숨을 몰아쉬면서
도 어느 하나 쓰러지지 않았다. 아무리 해도 결
판이 나지 않자 아킬레우스가 시합을 멈췄다.

"그만하면 됐소. 두 사람의 용맹함을 충분
히 보여줬으니 무승부로 합시다."

두 사람은 씨름의 우승 상품을 반반씩 나눠
가졌다.

"다음 경기는 달리기요!"

달리기야말로 오디세우스의 주 종목이었
다. 아무도 그를 따라잡을 수 없었다. 오디세
우스는 체력과 지력에 있어서 압도적인 위력
을 가진 영웅이었다. 달리기 우승 상품은 은사
발이었다.

마지막으로 치러진 것은 창 시합이었다. 이
것은 그야말로 실전 싸움이었다. 상대를 먼저
찔러서 피를 흘리게 하는 사람이 이기는 것이
었다. 아킬레우스는 적군이었던 사르페돈이
죽었을 때 전리품으로 챙긴 그의 갑옷을 가져
오라고 했다. 관중들 앞에 창을 꽂고는 그 갑
옷을 걸더니 상품으로 주겠다고 했다. 누가 봐
도 탐나는 갑옷이었다.

여기서
잠깐!!

파노페우스의 아들로 그리 유명한
전사는 아니었어. 배도 30여 척 정도
밖에 되지 않아 세력도 미약했지. 하
지만 그는 트로이아를 멸망시키는
목마를 만든 것으로 유명해. 그는 살
아 돌아가 이탈리아에서 피사라는
도시를 건설했다고 해.

"내가 해보겠소."

디오메데스와 아이아스가 갑옷을 입고 나섰다.

두 사람은 마주 서서 세 차례나 창을 날리며 실력을 겨뤘다. 창대가 튀고 칼날이 바람을 갈랐다. 먼저 아이아스의 창날이 방패를 뚫고 디오메데스의 갑옷에 꽂혔다. 디오메데스는 가슴에 살짝 상처를 입었다. 디오메데스는 아이아스의 목을 겨누고 방패로 숨긴 상태에서 창을 찔렀다. 창날이 아이아스의 목을 스치자 사람들은 모두 탄성을 질렀다.

"저러다 아까운 장수들이 다치겠소. 그만하시오."

아킬레우스가 경기를 중단시켰다.

"두 영웅은 멈추시오. 그만하면 됐소."

두 사람은 서로의 실력을 인정하며 사르페돈의 갑옷을 나눠 가졌다.

해 질 무렵 경기가 모두 끝나자 아킬레우스는 큰 소리로 외쳤다.

"음식과 술을 준비했으니 마음껏 즐깁시다."

그날 밤 그들은 파트로클로스의 영혼을 위로하며 전쟁에 지친 몸과 영혼의 휴식을 취했다.

밤이 깊어 잔치는 끝나고 모두 잠자리로 돌아갔다. 하지만 깨어 있는 단 한 사람이 있었다. 아킬레우스는 다시 슬픔에 빠졌다. 파트로클로스와 함께 전리품을 나눌 수도 없고, 함께 고향에 돌아갈 수도 없게 되었다. 그의 눈에서 뜨거운 눈물이 흘렀다. 헥토르를 죽였는데도 분노가 풀리지 않았다. 헥토르가 죽었다고 해서 파트로클로스가 돌아오지는 않는다. 아킬레우스는 해변으로 달려가 미친 듯이 고함을 지르는가 하면 검은 모래에 무릎을 꿇고 절규했다.

"내 친구여! 그대는 어찌하여 내 곁에 없는가!"

새벽이 될 때까지도 그의 분노와 슬픔은 가라앉지 않았다. 그는 정신을 잃은 사람처럼 마구간으로 달려가서 말에 전차를 매고 헥토르의 시체가 있는 곳으로 갔다. 호위병들이 예를 갖추자 그가 말했다.

"엎어져 있는 저 시체를 전차에 다시 매달아라."

그는 헥토르의 시체를 전차에 매단 채 방어벽을 나가서 평원을 달려갔다. 그리고 파트로클로스의 무덤을 세 바퀴나 돌았다. 헥토르의 시체는 또다시 흙먼지를 뒤집어쓰며 끌려 다녔다. 이를 내려다보던 올림포스의 신들조차 아킬레우스의 행동이 도가 지나쳤다고 생각했다.

"어찌 저리 무도하고 잔인할 수 있는가?"

신들의 의견이 모이자 아폴론이 말했다.

"제우스 신께서 허락하신다면 헥토르의 시신을 보호하겠습니다!"

"그리 해라! 이미 죽은 자의 시신을 훼손하는 것은 온당치 않다!"

아폴론이 헥토르의 시신을 지켜주었기에 어떠한 돌멩이나 모래에도 훼손되지 않았다. 매일 밤낮으로 아킬레우스는 헥토르의 시체를 끌고 전장을 돌아다녔다. 무려 열이틀 동안이나 그렇게 해도 분이 풀리지 않았다.

아킬레우스는 광기에 휩싸여 자신의 명예와 친구의 명예, 그리고 땅과 하늘의 명예를 더럽히고 있다는 것을 알지 못했다. 신들의 분노는 점차 하늘을 찌르기 시작했다.

"인간으로서 도저히 할 수 없는 짓을 하고 있습니다."

하지만 헥토르의 시신을 매단 아킬레우스의 전차는 멈추지 않았다.

13

헥토르의 시신이 돌아오다

올림포스의 신들은 아킬레우스의 광기에 심각한 위기를 느끼고 있었다. 한자리에 모인 신들은 급기야 아킬레우스의 어머니 테티스를 불러들이기에 이르렀다. 테티스가 올림포스산으로 날아가자 제우스가 근엄하게 말했다.

"그대의 아들에게 가서 전해라. 우리는 시신을 능멸하는 것에 격노하고 있다고. 헥토르의 시신을 그의 아버지 프리아모스에게 돌려주라고 전하라. 프리아모스는 당연히 몸값을 지불할 것이다!"

테티스는 머리를 조아리며 대답했다.

"그리 전하겠습니다. 제 아들이 더 이상 잔인한 행동을 하지 않도록 타이르겠습니다."

테티스는 어미로서 송구한 마음을 금할 수 없었다. 아들을 지키기 위해 갑옷까지 만들어줬지만 저 정도로 광기에 사로잡힐 줄은 몰랐다. 테티스는 올림포스산을 내려오자마자 아킬레우스에게 가서 이야기를 전했다.

"신들이 격노하고 있다. 시신을 능멸하는 행동은 이제 그만두거라."

그동안 아킬레우스는 누구의 말도 듣지 않았다. 같은 선단의 다른 장수들이 말려도 모른 척했지만 어머니의 말에는 귀를 기울일 수밖에 없었다.

그때 무지개의 여신 이리스는 심부름을 위해 프리아모스 왕에게 나타났다. 그는 머리에 재를 뒤집어쓴 채 슬픔의 눈물을 끊임없이 흘리고 있었다. 아들을 잃은 아픔은 무엇으로도 달랠 수 없었다. 이리스 여신은 프리아모스에게 다가가 조용히 일러주었다.

"아킬레우스에게 가서 아들을 찾아오시오."

"아킬레우스가 저토록 미쳐 날뛰고 있는데, 어찌하면 좋습니까?"

"몸값을 낼 테니 돌려달라고 하면 받아들일 것이오. 신들께서도 더 이상 두고 볼 수 없어서 아킬레우스의 어머니 테티스를 보냈으니까."

"신들이시여, 이 늙은이의 소원을 들어주셨군요. 감사합니다."

프리아모스는 곧장 보물 창고로 갔다.

"가장 좋은 보물들을 꺼내라. 내 아들의 몸값으로 지불할 것이다."

향나무 상자 속에 금덩어리와 황금 솥, 황금 술잔 등을 넣고, 열두 벌의 겉옷과 고급스럽게 수놓은 옷을 함께 꾸려서 프리아모스 왕은 떠날 채비를 했다. 그리고 두 아들 파리스와 데이포보스를 불렀다. 형은 적들의 손에 죽어서 돌아오지도 못하고 있는데, 이 모든 일의 원인 제공자인 파리스와 데이포보스는 멀쩡히 살아 있는 모습을 보고 왕은 아들들이지만 미운 감정이 솟구쳤다.

"너희는 형이 죽었는데도 이처럼 태평하단 말이냐? 이 아비의 찢어지는 마음을 이해하기라도 하는 것이냐?"

"죄송합니다, 아버지. 저희도 가슴속에 분노와 슬픔이 이글거려 어찌할 바를 모르겠습니다."

"몸값으로 치를 예물들을 전차에 모두 실어라."

두 아들은 달려가 귀금속을 전차에 싣고 나귀를 묶었다.

프리아모스 왕은 신들에게 제를 올렸다.

"신들이시여! 아들의 시체를 늙은 아비가 찾아올 수 있도록 도와주시옵소서!"

기도를 마친 뒤 포도주를 올리고 전차에 올랐다. 왕은 전차를 모는 병사와 심부름꾼 하나만을 데리고 성문을 빠져나가 평원을 가로질러 그리스 선단 쪽으로 갔다. 이때 나그네의 수호신인 헤르메스가 옆에 붙어서 그가 적들의 눈에 보이지 않도록 보호해주었다.

방호벽 앞에서 보초를 서고 있던 그리스군은 프리아모스 왕이 옆을 지나갈 때 헤르메스가 지팡이로 툭툭 쳐서 잠들게 해두었다. 그리스 진영에서는 프리아모스 왕이 지나가는 것을 아무도 보지 못했다. 어떤 방해도 받지 않고 방어벽을 지나 마침내 아킬레우스의 막사에 도착했다.

"여기서 멈추고 예물을 내려라."

프리아모스가 전차에서 내리자 아킬레우스의 부하들이 당황하며 다가왔다.

"나는 헥토르의 아버지요."

"당신이 이곳에 나타나다니! 여기까지 어떻게 온 것이오?"

"내 아들을 찾으러 왔소. 아들의 몸값도 가져왔소. 아킬레우스에게 나를 데려다주시오."

몇몇 부하들이 그를 안내했고, 나머지 부하들은 예물들을 하나씩 땅바닥에 내려놓았다. 그제야 헤르메스 신은 올림포스산으로 돌아갔다.

이때 아킬레우스는 부하들과 함께 있었다.

"장군, 헥토르의 아버지 프리아모스 왕이 찾아왔습니다."

아킬레우스는 당황했지만 곧 무슨 일인지 알아챘다. 어머니 테티스에게 들어서 짐작하고 있었다.

"들어오시게 하라."

프리아모스는 비틀거리며 다가와 아킬레우스의 발밑에 무릎을 꿇었다. 관습에 따라 예를 갖추기 위해서였다. 자신의 아들을 죽인 아킬레우스의 핏빛 손에 입을 맞추고 떨리는 목소리로 애원했다.

"오로지 내 아들의 시신을 데려가기 위해 늙은 아비가 여기까지 왔소. 이 세상의 어느 아비가 아들을 먼저 보내고 슬퍼하지 않겠소? 이 늙은이를 불쌍하게 여겨주시오. 나는 지금 이 세상 어느 아비도 하기 힘든 일을 하고 있소. 아들을 죽인 당신의 손에 입을 맞추고 자비를 구하고 있지 않소?"

아킬레우스도 문득 아버지가 떠올랐다. 멀리서 자신이 돌아오기만을 기다리고 있을 아버지, 다시는 못 볼 아버지도 곧 슬픈 소식을 들을 것이다. 그 순간 아킬레우스의 가슴속에 있던 모든 원한과 증오가 눈 녹듯 사라졌다. 그는 자리에서 일어나 예를 갖추고 프리아모스 왕을 부축해 일으켜 세웠다.

"일어나십시오. 당신의 슬픔이 어떤지 나도 알고 있습니다. 나의 아버지도 곧 당신과 같은 슬픔을 겪게 될 것입니다."

아킬레우스는 프리아모스 왕을 끌어안았다. 늙은 왕은 원수의 가슴에 얼굴을 묻고 대성통곡했다. 한 사람은 죽은 아들을 위해 울었고, 또 한 사람은 살아 있는 아버지를 위해 눈물을 흘렸다.

아킬레우스는 부하들에게 명령을 내렸다.

"헥토르의 몸을 깨끗이 닦고 예우를 갖춰서 단장하라."

"트로이아 왕이 예물을 가져왔습니다."

"그중에 가장 좋은 것을 골라서 헥토르에게 입혀라!"

부하들은 헥토르의 시신을 깨끗한 물로 씻기고 겉옷을 입혀서 전차에 눕혔다.

아킬레우스는 프리아모스 왕에게 말했다.

"주인으로서 손님을 그냥 보낼 수는 없습니다."

아킬레우스는 음식과 술을 내오라고 일렀다. 두 사람은 먹고 마시며 이야기를 나눴다.

"이 술을 드시고, 아드님의 시신을 데려가십시오."

프리아모스는 다시 한번 고맙다고 인사했다.

해 질 무렵, 왕은 아들의 시신을 전차에 싣고 어스름한 평원을 가로

질러 트로이아 성으로 돌아갔다.

횃불을 밝힌 프리아모스의 전차가 평원을 가로질러 달려오는 것을 보고 백성들은 모두 슬퍼하며 통곡했다. 그들은 성문을 나와 모두 땅에 엎드린 채 눈물을 흘렸다.

헥토르의 시신은 그대로 자신의 집으로 돌아갔다. 여인들이 그의 주변으로 몰려와 머리를 뜯으며 통곡하고 슬픔의 노래를 불렀다. 안드로마케는 죽은 남편의 얼굴을 쓰다듬으며 울부짖었다.

"당신은 아직도 이렇게 젊은데 어찌하여 저세상으로 떠나셨습니까? 나는 과부가 되었고, 아이들은 아비 없는 자식이 되었습니다. 집에서 죽지도 못하고, 마지막 유언 한마디 남기지 못한 채 이리 가셨단 말입니까? 한말씀이라도 남겨주셨다면 긴 세월 혼자 살아가면서 당신의 말을 기억할 게 아닙니까?"

어머니 헤카베도 가슴을 쥐어뜯으며 울부짖었다.

"가장 사랑하는 내 아들 헥토르! 원수의 전차에 끌려 다니고도 몸에 상처 하나 없구나. 진정 신들이 사랑한 존재는 바로 너였다."

헬레네도 그의 팔을 잡고 통곡했다.

"트로이아 왕자들 가운데 저를 가장 잘 대해주셨던 분이 이렇게 돌아가시다니요. 파리스가 저를 데리고 왔을 때도 거친 말 한마디 하지 않으셨습니다. 모든 사람들이 저를 질타하고 욕할 때도 부드럽게 감싸주셨습니다. 아아! 저 때문에 이 모든 일이 벌어졌습니다. 제가 죽었어야 했습니다. 트로이아에서 이제 저를 친구로 여기는 자는 아무도 없습니다."

여인들의 절규가 이어질 동안 프리아모스 왕은 명령을 내렸다.

"황소를 수레에 매달고 화장단을 만들 장작을 구해 오도록 하라!"

"적들이 쳐들어오면 어찌합니까?"

"아니다. 아킬레우스는 장례를 치를 수 있도록 열하루 동안 휴전을 약속해주었다. 그리스군은 염려하지 마라."

트로이아 병사들은 성문을 열고 조심스럽게 바깥으로 나갔다. 그리스군은 멀리 방어선 바깥에서 움직이지 않고 서 있었다. 아흐레 동안 그들은 수레를 끌고 산으로 가서 장작을 베어 성벽 바깥에 거대한 화장단을 쌓아 올렸다.

마침내 모든 준비가 끝나자 열흘째 되는 날 헥토르의 시신을 화장단에 올렸다. 모든 트로이아의 백성들이 주위에 모여들었다. 화장단의 불길은 하루 종일 불타올랐고 마침내 재와 뼛조각만 남았다. 헥토르의 뼛조각은 보라색 천에 고이 감싸서 황금 상자에 넣은 다음 땅에 묻고 돌을 쌓아 무덤을 만들었다.

"서둘러야 합니다. 열하루가 되어갑니다. 다시 전쟁이 시작됩니다."

휴전을 약속한 열하루가 끝나 가고 있었다. 장례를 마치고 그들은 관습에 따라 잔치를 베풀었다. 살아생전 '말을 길들이는 자'로 불리던 헥토르의 장례식은 이렇게 끝이 났다. 사람들은 또다시 두려움 속에서 다음 날의 전투를 기다렸다.

14

트로이아의 보물을 훔쳐 온
오디세우스

자고로 모든 전쟁은 자신들이 이길 수 있다는 신념을 가지고 버티는 법이다. 트로이아와 그리스의 10년 가까운 전쟁 역시 그랬다. 그리스인들에게는 정의를 실현하고 파리스를 응징하여 헬레네를 되찾겠다는 명분이 있었다. 트로이아인들에게도 그러한 신념이 있었으니, 아테나 여신이 자신들을 지켜주리라는 것이었다. 신전에 모셔둔 여신의 방패와 거룩한 보물이 그들의 신념을 굳게 만들었다.

오디세우스는 그들의 심리적인 마지노선인 그 보물을 훔쳐 올 수만 있다면 전쟁에서 이길 수 있다고 생각했다. 지략이 뛰어난 그는 조용히 아가멤논을 만나 은밀히 상의했다.

"트로이아 사람들이 아테나 신전에 모셔둔 보물을 훔쳐 와서 그들의 신념을 무너뜨리는 것입니다."

오디세우스의 이야기를 듣고 아가멤논은 고개를 끄덕였다.

"그렇게만 된다면 더 바랄 게 없소. 하지만 트로이아 성은 저렇게 난공불락인 데다 경비가 삼엄하니 보물을 훔쳐 오기는커녕 첩자 하나를 들이기도 힘든 상황 아닌가?"

"어떻게 해서든 보물만 빼앗아 올 수 있다면 저들은 나쁜 징조라 여기고 사기가 꺾일 것이 분명합니다. 나한테 한 가지 방법이 있습니다."

"그것이 무엇인가?"

오디세우스는 남들이 듣지 못하게 귓속말로 설명했다. 연신 고개를 끄덕이는 아가멤논의 얼굴이 환하게 밝아졌다.

헥토르의 장례식을 위해 휴전하는 동안 그리스와 트로이아 진영 모두 별다른 움직임이 없었다. 아킬레우스도 원수를 갚고 나자 의욕을 잃어버렸고, 트로이아군도 헥토르의 죽음 이후 성에 틀어박혀 더 이상 바깥으로 나오지 않았다.

트로이아군은 사실 자신들을 도와줄 연합군이 오기만을 기다리고 있었다. 새벽의 여신 에오스와 티토노스의 아들 멤논 왕이 지휘하는 군사들이었다. 티토노스는 프리아모스 왕과 형제간이었다. 그들은 머나먼 에티오피아에서 군대를 이끌고 오는 중이었다.

펜테실레이아 여왕이 이끄는 아마조네스도 트로이아를 지원하러 오고 있었다. 아마조네스는 여전사들로만 이루어진 막강한 전투부대였다. 두 군대가 합류하면 다시 싸워볼 만했다.

오디세우스가 노리는 보물은 트로이아의 아테나 신전에 있었다. 이 보물이 그들을 지탱해준다는 것은 이미 트로이아 동맹군뿐만 아니라 그리스 연합군도 알고 있었다. 그 보물은 아테나 여신을 상징하는 신상인 팔라디온이었다. '행운의 보물'이라고 불리는 팔라디온은 트로이아를 영원히 지켜주는 힘을 가지고 있다고 알려졌다.

"그 보물이 신전에 있는 한 우리는 절대 그리스인들에게 패배하지 않을 거야."

"그 보물이 항상 우리를 지켜주었기 때문에 10년간 전쟁에서 버틸 수 있었어."

오디세우스는 심리전에서 그런 믿음을 꺾어야 한다고 생각했다. 어떻게 하면 멋지게 작전을 수행할까 고심하다 마침내 꾀를 냈다. 다음 날 오디세우스는 이 계략을 성사시키기 위해 아가멤논을 찾아갔다.

"델로스의 세 공주를 데려오겠습니다."

아가멤논과 장수들은 뜬금없는 이야기에 깜짝 놀랐다.

"그게 무슨 말인가?"

델로스 왕에게는 세 명의 딸이 있었다. 세 공주는 놀라운 재주를 가지고 있다는 소문이 파다했다. 하나는 물을 포도주로 바꾸는 재주, 또 하나는 돌을 빵으로 만드는 재주, 나머지 하나는 진흙을 올리브유로 만드는 재주였다.

"세 딸을 데리고 오면 우리는 군량을 자체 조달할 수 있습니다."

그리스 연합군은 전쟁을 치르는 동안 각종 식량과 포도주 등을 페니키아 상인들에게 돈을 주고 사왔다. 그런데 10년 동안 싸움이 이어지자 돈과 물자가 거의 바닥난 상태였다.

"나에게 한 달만 시간을 준다면 델로스에 가서 세 공주를 어떻게든 회유해 데리고 오겠습니다."

"하지만 트로이아 놈들이 다시 성문을 열고 쳐들어오면 어떻게 할 것인가?"

"지금은 전쟁이 소강상태이니 별일 없을 것입니다. 헥토르도 없으니 우리가 충분히 막아낼 수 있습니다."

아가멤논은 고개를 끄덕였다.

"좋다. 그렇다면 델로스의 세 딸들을 데려오게."

"알겠습니다. 한 달 내로 돌아오겠습니다."

오디세우스는 모든 선단이 축원해주는 가운데 50명의 노잡이를 갤리선에 태우고 먼 바다로 나갔다. 그가 돌아올 때까지 그리스인들은 경계를 게을리하지 않고 지키기로 했다. 이 모든 건 아군까지 속여야만 가능하기에 오디세우스 혼자 추진하는 고도의 비밀작전이었다. 그는 넓은 바다에 나가자 명령을 내렸다.

"뱃머리를 다시 육지로 돌려라!"

노잡이들은 영문을 모른 채 다시 배를 돌려 육지로 돌아갔다. 그리고는 그리스 연합군이 진을 치고 있는 곳에서 하루 정도 떨어진 거리에 배를 정박했다.

오디세우스는 부하들에게 말했다.

"내가 명령을 내릴 때까지 여기서 기다려라. 주변 연안을 잘 살펴야 한다."

오디세우스는 배에서 내려 남몰래 거지 옷을 구해 입었다. 그는 찢어진 누더기에 지팡이 하나를 짚고 구부정한 몸으로 다시 그리스 연합군의 선단이 있는 쪽으로 걸어갔다.

다음 날 그는 디오메데스의 막사 앞에 쭈그리고 앉아 거지처럼 구걸했다.

"먹을 것을 좀 주십시오."

군사들이 오가면서 불쌍한 노인에게 먹을 것을 던져주었다. 한두 명은 살코기를 주기도 했다. 거지로 변장한 오디세우스는 뼈다귀까지 씹어 먹을 것처럼 허겁지겁 먹어치웠다. 디오메데스는 궁금해서 이것저것 물었다.

"무엇을 하는 자인데 이곳까지 왔느냐?"

"저는 크레타의 해적입니다. 이집트인들에게 붙잡혀서 강제노동을 하다가 간신히 탈출했습니다. 멀리 도망치려고 페니키아의 장삿배를 탔는데 그만 배가 난파하는 바람에 널빤지를 타고 이곳 해안가에 도착했습니다. 주변을 둘러봐도 살아남은 자는 아무도 없었습니다."

말이 씨가 된다고 했던가. 오디세우스는 무심히 배가 난파되었다고 했지만 그것이 나중에 자신의 운명이 될 줄은 몰랐다.

"허허, 그런 사연이 있었구나. 그대가 살아 있다는 것은 신의 뜻이겠지. 얘들아, 노인에게 먹을 것을 주고 우리 막사 앞에서 잠을 잘 수 있게 허락해주어라."

그때부터 거지 노인은 디오메데스의 막사 앞에서 생활하게 되었다. 그러다 이곳저곳을 구경 다니며 병사들과 이야기를 나누고 수다를 떨었다. 하지만 그는 여기서는 저기 흠을 잡고, 저기서는 여기 흠을 잡으며 돌아다녔다. 급기야 아가멤논까지 흉보다 그 이야기가 아가멤논의 귀에까지 들어갔다. 아가멤논은 당장 거지를 불러다 몽둥이질을 하라고 명령했다.

디오메데스는 화가 나서 거지를 발로 걸어차 버렸다. 늙은 거지는 졸지에 기피 대상이 되고 말았다. 게다가 거지 노인은 네스토르의 막사에 몰래 들어가 황금 술잔을 훔치다 들키기도 했다.

"네 이놈! 불쌍해서 먹을 것도 주고 잠자리도 내주었더니 은혜도 모르고 도둑질을 해?"

그리스군은 거지를 채찍으로 마구 갈긴 다음 들판으로 끌고 나가 던져버리기로 했다. 그런데 한 병사가 말했다.

"차라리 이놈을 트로이아 놈들에게 줘버리는 게 어때?"

"그거 좋은 생각이야. 그놈들에게 딱 어울리는 놈이지."

병사들은 거지를 끌고 트로이아 성문 앞으로 가서 소리쳤다.

"트로이아 병사들은 들어라. 이 거지 놈을 너희 진영으로 보내겠다. 여기저기 헤집고 다니면서 이말 저말 험담이나 하고 다니는 몹쓸 놈은 우리에게 필요 없다. 들판에 버려서 짐승들의 먹이로 주려고 했는데, 불쌍해서 너희에게 주는 거다. 죽지 않을 만큼만 두들겨 패서 두고 갈 테니 너희가 거둬라. 저놈을 우리에게 돌려보내면 들개한테 던져버릴 테다."★

트로이아 병사들은 무슨 일인가 하고 성 밑을 내려다보았다. 거지 하나를 데려다가 두들겨 팬다고 하니 심심하던 차에 재밌는 구경거리가 생겼다 싶었다.

"자, 네놈은 매를 좀 맞아야겠다."

그리스 병사들은 활시위를 채찍 삼아 어깨
에서 피가 흐르도록 거지를 때렸다.

"아악! 살려주시오! 살려주시오! 너무한 것
아니오?"

무자비한 매질에 거지는 정신을 잃고 쓰러
졌다.

"에잇, 더러운 놈! 다시는 우리 쪽으로 오지
마라! 가엾게 여겨서 잘 대해줬더니 도둑질이
나 하는 놈 같으니! 퉤!"

그리스 병사들은 쓰러져 있는 거지에게 침
을 뱉고 자기 진영으로 가버렸다. 기절했던 거
지는 잠시 후 일어나더니 허공에 대고 주먹질
을 날리며 그리스 병사들을 욕했다.

"이 더러운 놈들아! 남의 땅에 쳐들어와서
10년 넘게 괴롭히는 놈들아! 너희 나라로 돌
아가라! 너희가 이 싸움에서 이길 것 같으냐?
이 나쁜 놈들아!"

그는 일어나려고 했지만 이내 비틀거리며
쓰러졌다. 그러고는 고래고래 소리를 지르며
대성통곡을 했다.

여기서
잠깐!!

예나 지금이나 전쟁터에는 많은 인
간들이 몰려들게 마련이야. 왜냐하
면 그곳에도 누군가는 물품과 식량
을 공급해야 하니까. 그런 사람들은
대개 중립이야. 먹고살기 위해 군인
들에게 협력할 뿐이지. 거지도 전쟁
이 나면 이편저편을 넘나들어. 《삼
국지》에도 전쟁터에 온갖 사람들이
나타나 좋은 계략이 있다며 제안하
고 대가를 요구하는 이야기가 나와.
이런 사람을 유세객이라고 했지.

"아이고, 내 팔자야. 갈 곳도 없이 굶주리며 헤매 다니게 생겼구나."

망루와 성벽 위에 있던 트로이아 사람들은 그 광경을 보고 배를 잡고 웃었다. 그때 헬레네는 불쌍한 거지에게 동정심이 일었다. 그녀는 먹을 것을 조금 챙겨서 성문으로 내려갔다.

"잠깐 문을 열어보거라!"

성문을 지키는 병사가 쪽문을 살짝 열었다. 외부에서 보급품이 들어올 때만 여는 문이었다. 헬레네는 바깥으로 나가 울고 있는 거지를 바라보며 물었다.

"당신은 어쩌다 그리 모질게 매를 맞았는가?"

"아이고, 왕비님!"

"나는 이 나라의 왕비가 아니다."

"아무튼 귀하신 분이지 않습니까? 저는 뱃사람인데 풍랑에 그만 배가 난파하고 말았습니다. 고향으로 돌아가려고 하는데 그리스군들이 저를 트로이아의 염탐꾼이라며 때렸습니다."

"그랬구려."

헬레네가 안됐다는 듯이 측은한 표정을 지었다. 그때 고개를 든 거지는 반가운 표정을 지으며 말했다.

"아니, 당신은 볼 빨간 헬레네 왕비님 아닙니까?"

"나를 어떻게 아는 것이냐?"

"지금까지 본 적 없는 아름다운 분이십니다. 이토록 아름다운 여인을 제가 모를 리가 없지요. 왕비님의 고향에도 다녀온 적이 있습니다."

"정말인가?"

"네, 메넬라오스 왕께서 다스리는 나라 아닙니까? 당신이 헬레네 왕비가 맞다면 고향에 있는 아버지와 오라버니의 이야기를 해드릴 수 있습니다. 못 본 지 오래되지 않았습니까?"

그 말을 듣자 헬레네는 조용히 흐느꼈다.

"우리 아버지와 오라버니들은 잘 계신가?"

"그분들은 다 돌아가셨습니다. 세월이 많이 흘렀지요."

"나 때문에 모두 돌아가셨구나. 흑흑흑!"

헬레네는 트로이아 성에 갇혀 있느라 모든 소식이 차단되어 있었다. 부모와 형제들의 안부조차 알지 못했다.

"여기서 이럴 게 아니라 성안으로 들어오너라."

헬레네는 시녀들과 함께 앞장서서 걸었고 거지는 그 뒤를 절뚝거리며 따라갔다. 헬레네는 프리아모스 왕의 궁전 안에 있는 자신의 처소로 거지를 데려갔다. 이때 파리스는 집에 없었다. 헬레네는 시녀들에게 말했다.

"이 사람이 몸을 씻도록 해주고 새 옷을 가져다주어라."

목욕을 하고 나온 거지는 이전의 모습이 아니었다. 머리를 단정하게 빗고 보라색 옷을 입은 그는 바로 어린 시절의 친구 오디세우스였다. 깜짝 놀라 비명을 지르려고 하는 순간 오디세우스가 헬레네의 입을 막았다.

"쉿!"

헬레네는 어찌 된 일이냐고 묻는 눈빛으로 쳐다보았다.

오디세우스가 조용히 속삭였다.

"조용히 하시오. 소리 지르지 않겠다고 약속하면 손을 풀겠소."

헬레네는 고개를 끄덕였다. 오디세우스가 손을 풀자 헬레네는 조용히 물었다.

"왜 그 모진 매를 맞고 참은 거예요?"

"그럴 이유가 있소."

파리스가 올까 봐 오디세우스는 문 쪽을 쳐다보았다.

"걱정 말아요. 파리스는 지금 여기 없어요. 아마조네스의 펜테실레이아 여왕을 맞이하러 갔답니다. 그들이 트로이아를 도와주러 오고 있는 중이거든요."★

헬레네는 군사기밀을 자신도 모르게 털어놓고는 흠칫했다.

"어머, 내가 당신에게 일급비밀을 노출하고 말았어요. 당신이 돌아가서 아마조네스 군사들이 도착하기도 전에 미리 공격하면 모두 전멸할 텐데 큰일이네요. 당신이 나의 친구만 아니었어도 지금 당장 군사들을 불러 잡아가게 했을 거예요."

오디세우스가 당황하는 헬레네에게 말했다.

"헬레네, 우리는 어려서부터 친구였지 않소? 내가 약속하리다. 나중에 우리가 트로이아를 함락해서 남자들을 다 죽이고 여자들을 노예로 데리고 갈 때도 우리가 친구라는 사실은 변함없을 것이오. 내가 살아있기만 한다면 당신을 명예롭게 메넬라오스의 궁전으로 보내주겠소. 신들의 이름으로 맹세하오. 지금 당신이 한 이야기는 누구에게도 말하지 않을 테니 걱정하지 마시오."

헬레네는 그제야 안심하고, 시녀들에게 술과 고기를 내오라고 명령했다.

"이분을 대접해야 하니, 먹을 것과 마실 것을 내오너라."

오디세우스는 걸신들린 것처럼 음식을 먹어치우고는 다시 누더기를 걸쳤다.

"잘 먹었소, 헬레네. 나는 이곳에 들어온 목적이 있소. 그 목적을 달성하고 떠나겠소."

오디세우스가 일어나자 헬레네는 그대로 보낼 수 없다는 생각이 들었다. 뭐라도 건네고 싶었지만 남들의 시선이 두려워 자신이 늘 곁에 두는 작고 예쁜 병을 건넸다.

"이것은 무엇이오?"

"지난 10년 동안 나는 잠을 잘 수 있다는 것이 가장 큰 선물이라는 것을 알게 되었어요. 잠을 못 이루는 것만큼 고통스러운 일도 없죠. 트로이아로 오기 전에 이집트의 여왕이 나에게 주었답니다. 먹거나 냄새를 맡기만 해도 스르르 잠이 드는 약이에요."

"이건 몹시 귀한 물건 아니오."

"맞아요. 잠의 신 힙노스가 머리에 꽂고 다니는 양귀비에서 채취한 것이랍니다. 이걸 지니고 다니면서 고통스러울 때 깊은 잠을 자도

여기서 잠깐!!

그리스 신화에서 강력하고 독립적인 여성 전사 집단으로 묘사되는 아마조네스는 종종 영웅들과 충돌하거나 협력하며 다양한 이야기의 중심에 서게 돼. 아마조네스는 아마존의 복수형이야. 남미 아마존강의 이름은 스페인 탐험가 프란시스코 데 오레야나(Francisco de Orellana)에 의해 유래되었어. 그는 1541년 탐험 중 강을 따라 내려가다 여성 전사들을 만나게 되었지. 이들이 그리스 신화에 나오는 아마조네스 여전사들과 비슷하다고 해서 아마존강이라고 이름 붙인 거야.

록 하세요. 이 병 자체도 아주 귀한 보물이니까요."

오디세우스는 헬레네가 건넨 귀한 약병을 받아 주머니에 넣었다.

"이 칼도 지니고 다니면서 자신을 지키세요."

오디세우스는 칼까지 받아 넣고 헬레네에게 당부했다.

"거리를 떠도는 나를 보더라도 아는 체하지 마시오. 그냥 이 집에서 잘 대접받은 거지로 여기면 되오. 이 모든 슬픔이 끝나는 그날까지 몸조심하기 바라오."

오디세우스는 궁을 나와서 트로이아의 거리로 스며들었다.

며칠 동안 그는 거리를 떠돌았다. 사람들은 낯선 거지를 보고도 무심히 지나쳤다. 낮에는 구걸하고 밤이면 신전에 들어가서 잠자는 것이 일과였다. 신전은 오갈 데 없는 사람들이 와서 잠을 청하는 곳이기도 했다. 병든 자나 어려운 일을 당한 자, 혹은 나그네들이 신전에 들어가서 하룻밤을 보냈다. 신전에서 잠을 자다가 신의 계시를 받거나 갑자기 병을 고칠지도 모른다는 기대를 하는 것이었다.

어느 날 오디세우스는 트로이아의 보물이 있는 아테나 신전에 들어가 바닥에 엎드려 잠을 잤다. 하지만 여사제들은 밤새 뜬눈으로 보물을 지키며 무슨 일이 생기는 즉시 경비병을 불렀다. 오디세우스는 신의 계시를 받으려고 온 사람들과 함께 누웠다. 그는 잠을 자는 척하면서 여사제들이 순번대로 교대하는 것을 지켜보았다.

마침내 그날 밤의 마지막 여사제가 등불을 들고 사람들 사이를 걸어다니며 기도문을 읊었다. 오디세우스의 옆을 지나가던 여사제는 헬레네의 약병을 발견했다. 오디세우스가 미리 꺼내놓은 것이었다.

"이게 뭐지? 귀한 물건 같은데, 왜 여기 떨어져 있을까?"

여사제는 약병을 등잔불에 비춰보았다. 약병에서는 은은한 향기가 뿜어 나왔다. 고향에서 맡던 꽃향기가 향수를 자극했다.

"어머, 이렇게 귀한 향기가?"

여사제는 마개를 열어 냄새를 맡아보더니 살짝 입에 대어보기도 했다. 달콤한 맛이 났다. 그녀는 약병을 가져가고 싶은 마음이 굴뚝같았지만 다시 마개를 닫고 제자리에 내려놓았다. 하지만 기도문을 흥얼거리며 걸어가던 여사제는 그대로 쓰러져 잠들고 말았다. 강한 약 성분이 몸에 스며든 것이다. 등잔불이 바닥에 떨어지면서 불이 꺼지자 신전 안은 온통 어둠에 싸였다.

잠시 뒤 어둠 속에서 일어나 눈빛을 반짝이는 사람이 있었다. 오디세우스였다. 그는 약병을 챙기고 사람들 사이를 조심조심 기어가서 제단 앞까지 갔다. 그러고는 손으로 더듬어 트로이아의 보물 팔라디온★을 찾아 넝마로 만든 보자기에 넣었다. 보물이 놓여 있던 자리에는 동냥할 때 쓰던 깨진 그릇을 엎어놓았다.

여기서 잠깐!!

팔라스 여신을 상징하는 신상이야. 때로는 아테나 여신의 상징이라고도 해. 주술적인 마력을 가졌다고 하지. 형태에 대해서는 여러 가지 이야기가 있어. 앉은 자세인 좌상이라는 말도 있고, 서 있는 자세인 입상이라는 견해도 있어. 팔라디온은 자신을 보유한 도시를 지켜준다고 해. 그래서인지 서로 자기들 도시에 팔라디온이 있다고 주장해서 그 수가 점점 늘어났어.

헬레네

세상에서 가장 아름다운 여인으로, 스파르타의 왕비였어. 하지만 파리스를 따라 트로이아로 가면서 그리스 전체를 혼란에 빠뜨렸지. 그녀의 선택은 큰 전쟁을 불러일으켰고 많은 사람들에게 고통을 주었어. 헬레네의 이야기는 자신의 선택과 행동이 타인에게 어떤 영향을 미칠지 깊이 생각해야 한다는 것을 보여줘.

그는 누워 있던 곳으로 다시 돌아와 햇살이 들 때까지 기다렸다. 모두 잠든 시각에 움직이면 경비병들이 의심할 수 있기 때문이다.

마침내 돌기둥 사이로 붉은 햇빛이 비치고 사방이 환해지자 사람들은 주섬주섬 일어났다. 사람들은 밤새 꾼 꿈 이야기를 하며 인사를 나눴다. 오디세우스는 기지개를 켜고는 다른 사람들 사이에 섞여서 신전을 빠져나왔다. 아침 해가 비쳐 들지 않는 그늘을 따라서 반대편 동쪽 성문으로 걸어갔다. 성문 앞에서 검문하는 병사들도 이미 오디세우스를 알고 있었다.

"너는 시내에서 구걸하던 거지 아니냐? 어쩐 일로 여기까지 왔느냐?"

"트로이아에서는 충분히 동냥을 했습니다, 나으리! 이제는 다른 곳으로 가겠습니다!"

"얼마나 많이 얻었길래 그러느냐?"

"이걸 보십시오!"

오디세우스는 넝마 보자기를 열어 고기와 빵 등을 보여주었다. 지저분한 음식들을 보고 병사들은 웃었다.

"그래, 다른 곳에 가서 더 배불리 먹도록 해라!"

성문을 열어주자 오디세우스는 동쪽으로 빠져나갔다. 그는 마차들이 다니는 이다산의 숲길을 걸어가다 조용히 숲속으로 들어가 밤이 될 때까지 깊은 잠에 빠졌다. 해가 떨어지고 동물들 울음소리가 들리자 오디세우스는 보자기에서 빵을 꺼내 먹었다. 그러고는 개울물에 몸을 씻은 뒤 헬레네가 준 새 옷을 입고 아테나 신전에서 훔쳐 온 팔라디온을 품에 넣었다.

오디세우스는 숲을 따라 걸어서 크산토스강의 어귀에 다다랐다. 강어귀는 바다와 연결되어 있었다. 저녁 무렵 그리스 선단이 있는 곳에 도착하자 병사들이 물었다.

"누구냐? 신분을 밝혀라!"

가까이 다가가 횃불을 비춰보니 오디세우스였다.

"장군님, 돌아오셨습니까? 델로스로 떠난 배는 아직 돌아오지 않았는데 어찌 장군님 혼자 오셨습니까?"

"그사이 전투가 어떻게 되었나 궁금해서 내가 먼저 가까운 육지에 내리겠다고 했다. 배는 곧 돌아올 것이야."

오디세우스는 곧장 아가멤논의 막사로 갔다. 아가멤논은 마침 장군들의 사기를 북돋우기 위해 잔치를 벌이고 있었다. 오디세우스가 나타나자 모두 반갑게 맞이했다. 예정보다 일찍 돌아온 것을 보고 모두 의아하게 생각했다.

"오디세우스, 돌아왔구려. 어서 오시게. 델로스에 갔던 일은 잘 성사되었소?"

오디세우스는 사실 델로스에 간 것이 아니라 신분을 감추고 트로이아에 잠입한 이야기를 들려주었다.

"델로스의 공주들보다 더 귀하고 우리의 싸움을 승리로 이끌어줄 물건을 가져왔소이다."

그는 품 안에서 팔라디온을 꺼냈다. 장수들이 여신의 조각상을 보고 의아했다.

"이게 무엇이오?"

그러나 아가멤논은 감탄 어린 투로 말했다.

"이것이 바로 그 아테나 신전에 있다는 보물인가?"

"맞습니다."

"이것을 뺏겼다는 사실을 알면 트로이아의 백성들은 용기를 잃을 것이오."

네스토르의 아들 안틸로코스가 기뻐하며 다가오자 오디세우스가 말했다.

"자네, 이 어깨의 상처 좀 보게. 자네 부하들에게 맞은 걸세."

"우리가 미처 몰라서 그랬지 뭡니까?"

"이제부터는 거지들을 내쫓더라도 너무 심하게 때리지는 않는 게 좋겠어. 하하하!"

모두 기분 좋은 농담을 건네며 유쾌하게 웃었다.

최고의 지략가인 오디세우스 덕분에 트로이아인들의 신념과 같은 보물을 얻었으니 승리는 자신들 것이나 마찬가지라고 생각했다. 그날 그리스 연합군 장수들은 황소 열 마리를 잡아 제우스 신에게 제물로 바치며 기뻐했다.

한편 트로이아 성에서는 여사제가 신전을 둘러보다 보물이 사라진 것을 발견했다.

"아테나 여신의 보물이 없어졌습니다. 어떡하면 좋습니까?"

하지만 그 보물을 누가 어디로 가져갔는지 짐작조차 할 수 없었다. 트로이아 백성들은 이 소문을 듣고 모두 충격에 빠졌다.

"아, 우리의 희망이 사라졌어."

"우리 트로이아가 더 이상 버티지 못할 것 같아."

"신들이 우리를 버리신 것 아닐까?"

트로이아 백성들은 자신들을 지켜준다고 믿었던 팔라디온이 사라지자 불안에 떨었고, 절망의 탄식이 트로이아 성을 가득 채웠다.

15

아킬레우스의 죽음

오디세우스가 보물을 훔쳐 간 것도 알지 못한 채 파리스는 아마조네스 부대를 데리고 트로이아로 오고 있었다. 파리스가 직접 마중을 나간 아마조네스는 멀고도 먼 흑해 연안의 테르모돈 강가에 살고 있었다. 오직 여자들로만 이루어진 아마조네스는 남자들보다 더 용맹하고 사냥과 전투를 즐기는 부족이었다.

그들은 전쟁의 신 아레스와 하르모니아의 후손으로 알려져 있다. 이들은 이웃 부족의 남자들과 사이에서 아이를 낳았는데, 여자아이는 자신들이 데려다 여전사로 키우고, 사내아이가 태어나면 죽이거나 노예로 삼았다고 한다.

아마조네스 종족의 젊은 여왕 펜테실레이아는 뛰어난 무공을 자랑했지만 사냥을 나갔다가 창을 잘못 던져 실수로 동생 히폴리테*를 죽이고 말았다. 이로 인해 엄청난 슬픔을 겪은 뒤 인생의 낙을 잃었다.

"혈육을 죽인 죄인이 살아서 뭐 하겠는가? 죽는 것만이 나의 유일한 소원이다."

항상 이런 말을 입에 달고 살던 그녀는 차라리 전쟁터에서 명예롭게 삶을 끝내고 싶었다. 그리하여 펜테실레이아가 이끄는 아마조네스는 그 먼 길을 전차가 아닌 말을 타고 왔다. 지리를 잘 아는 파리스가 편하고 빠른 길로 안내해주어 무사히 트로이아에 입성했다. 트로이아까지 오는 동안 그들은 어떤 복병도 만나지 않았다. 오디세우스는 그들이 트로이아 지원군으로 오고 있다는 것을 듣고도 끝까지 입을 다물었다. 헬레네와 약속하고 신에게 맹세했기 때문이다.

트로이아 사람들은 처녀 전사들 가운데 단연 돋보이는 펜테실레이아 여왕에게 몰려들어 만세를 외쳤다.

"만세! 만세!"

여왕의 존재는 참으로 신비하고 고귀했다. 꽃을 던지고 환호성을 지르는 병사들을 보니 여왕도 흐뭇했다. 프리아모스 왕은 달려 나와 여전사들을 환영해 마지않았다.

"어서 오시오! 그대들처럼 아름답고 강인한 군사들은 일찍이 본 적이 없소."

왕은 성대한 잔치를 베풀어주고 갖은 선물도 내놓았다. 펜테실레이아는 선물로 받은 칼을 뽑아 높이 치켜들고 외쳤다.

"내가 아킬레우스를 반드시 죽이겠다!"

"와! 와!"

모두 함성을 질렀다.

하지만 그녀의 맹세를 듣고 비웃는 사람이 하나 있었다. 바로 헥토르의 아내 안드로마케였다. 그녀는 트로이아 최고의 전사인 헥토르를 단숨에 죽인 아킬레우스가 얼마나 무서운 존재인지를 누구보다 뼈저리게 느끼고 있었다.

'어리석은 여인 같으니. 너의 목숨도 얼마 남지 않았구나. 헥토르도 아킬레우스를 죽이지 못했는데 네가 어떻게 죽이겠다는 것이냐?'

드디어 출전의 날이 밝았다. 아마조네스의 여전사들이 왕족들과 함께 선두에 섰다. 눈부신 갑옷을 입은 펜테실레이아는 새 칼과 새 방패, 새 창을 들었고, 열두 명의 호위병들이 그녀의 뒤를 따랐다.

성문이 열리자 트로이아의 군사들은 검은 선단을 향해 물밀듯이 달려갔다. 그리스 병사들은 저 멀리서 아름다운 빛을 발하며 달려오는 여인을 바라보며 서로에게 물었다.

"헥토르 대신 나선 저 장수는 누구지?"

여기서 잠깐!!

히폴리테라는 이름은 신화에 많이 나오는데 그 행적이 애매해. 아마조네스의 여왕으로 헤라클레스가 허리띠를 얻으러 갔다고도 하고 그가 죽였다고도 해. 심지어 테세우스에게 복수하기 위해 원정을 떠났다고도 하고, 테세우스의 아들 히폴리토스의 어머니라고도 하지. 신화에서 만든 신비한 종족이다 보니 다양한 이설이 있는 것 같아.

"선두에서 전차부대를 몰고 오는 품새가 인간의 모습이 아닌 것 같은데?"

"인간이 아니면 신이란 말인가?"

트로이아 평원에서는 또다시 전투가 벌어졌다. 함성이 오가고 창과 칼이 부딪치는 소리와 함께 쓰러진 시체들이 즐비했다. 피비린내 나는 싸움은 멈출 줄을 몰랐다.

아마조네스 군대는 그리스의 최정예 군대와 맞닥뜨렸다. 아무리 용맹한 군사라고 하지만 여자의 힘으로 남자의 힘을 당할 수는 없었다. 정오가 되기 전에 아마조네스 군사들의 절반이 전사했다.

"하루도 지나기 전에 내 부하들을 절반이나 잃다니!"

분노에 사로잡힌 여왕은 복수심에 불타올라 전차부대로 뛰어들었다. 그리스의 전차병들이 사방으로 흩어졌다.

이를 보고 여왕은 외쳤다.

"너희는 나의 친구 프리아모스 왕을 슬픔에 빠뜨린 자들이다. 오늘은 트로이아가 그리스에게 보복하는 날이다. 디오메데스! 아이아스! 아킬레우스! 모두 숨지 말고 나와서 내 창을 받아라!"

펜테실레이아는 트로이아 왕가의 용사들을 이끌고 그리스 연합군을 무자비하게 짓밟았다. 트로이아군의 전차는 여왕의 지휘를 받아 전장을 누비며 그리스군을 유린했다. 그녀의 용맹한 무예는 마치 천둥번개 같았고, 한 번 움직일 때마다 그리스군들이 무수히 쓰러졌다. 결국 그 기세에 밀려 그리스군은 해자 너머로 물러났다. 다시 헥토르 때처럼 트로이아 측 군사들이 그리스 선단에 불을 지르려고 횃불을 들고 바짝 다가왔다.

이때 아킬레우스와 아이아스는 평원에서 전투가 시작된 줄도 모르고 자신들의 막사에 있었다. 그들은 본진에서 상당히 멀리 떨어져 있었기 때문이다. 두 사람은 뒤늦게 펜테실레이아가 이끄는 트로이아군이 쳐들어왔다는 보고를 받았다. 우선 그들을 선단에서 떨어뜨려놓는 것이 급선무였다.

"배가 모두 불타 버리면 우리는 물러날 곳이 없다. 빨리 저들을 제지하라!"

아킬레우스의 군사들은 번개처럼 전장으로 달려갔다. 지원군이 나타나자 싸움은 또 다른 양상을 띠게 되었다. 아이아스는 아마조네스 여전사들을 상대하지 않고 트로이아군을 직접 치고 들어갔다. 아킬레우스는 여왕을 공격하기로 했다. 그는 여왕을 호위하던 여전사들을 순식간에 쓰러뜨렸다. 호위병들이 모두 죽자 여왕은 아킬레우스와 아이아스를 향해 달려왔다.

"네가 바로 아킬레우스구나! 내 창을 받아라!"

펜테실레이아는 번개처럼 달려오면서 창을 날렸다. 그러나 창은 아킬레우스의 방패에 맞아 맥없이 땅에 떨어지고 말았다. 그다음에는 아이아스에게 창을 던졌다.

"나는 전쟁의 신 아레스의 딸이다! 내 창을 받아라!"

그러나 그 창도 아이아스의 방패에 맞아 힘없이 떨어졌다.

"하하하! 아녀자가 감히 전쟁터에 나오다니, 용기는 가상하나 실력은 그에 못 미치는구나."

여왕은 굴하지 않고 더욱 큰 소리로 부르짖었다.

"우리 아마조네스를 모욕하다니, 너희의 목숨은 오늘로 끝인 줄 알아라."

아킬레우스는 웃으며 말했다.

"내가 할 소리다. 너를 살려 보내지 않을 것이야. 그 이유는 이미 나에게 창을 던졌기 때문이다!"

그는 창을 들어 달려오는 여왕에게 가볍게 날렸다. 공기를 가르며 날아온 창은 펜테실레이아의 구리 방패를 뚫고 그대로 가슴에 꽂혔다. 그 충격에 나가떨어진 여왕의 가슴에서 피가 콸콸 쏟아졌다. 아킬레우스는 칼을 뽑아 여왕이 타던 백마의 목을 베어버렸다. 여왕과 말은 동시에 쓰러져 숨을 거두었다.

땅바닥에 쓰러져 있는 여왕의 투구를 벗겨보고는 젊고 아름다운 미모에 모두 놀랐다. 누가 보더라도 반할 만한 아름다움이었다.

"아, 이토록 아름다운 여인이 어찌하여 죽음을 자초했단 말이냐! 안타깝구나!"

아킬레우스는 그녀의 죽음을 애도하며 시신이 훼손되지 않도록 조처해주었다. 여왕이 죽자 트로이아 군대는 단번에 기세가 꺾여 후퇴했다. 무기며 장비까지 버리고 도망치는 그들을 그리스군은 쫓지 않았다. 죽은 여전사들의 옷을 벗기려는 탐욕스러운 그리스 병사들을 아킬레우스는 저지했다.

"이들은 용감한 자들이다. 용사로서 대우해주어라! 모두 관에 넣어 프리아모스 왕에게 보내라!"

전날까지 함께 이야기하고 술을 마시던 아름다운 여전사들이 모두 죽어서 돌아오자 프리아모스 왕은 더욱 좌절했다.

"이들의 죽음을 욕되게 하지 말라. 최대한 예우를 갖춰서 화장하고 황금 관에 넣어서 왕가의 묘지에 묻어라!"

아마조네스 여전사들은 하루 정도 용맹함을 떨치고 모두 사라졌다.

장례를 마치자 트로이아의 왕과 왕자들, 그리고 원로들이 모두 한자리에 모였다.

"더 이상 전투를 할 수 없습니다. 멤논 왕이 올 때까지 기다립시다!"

"그러는 것이 좋겠소. 최대한 방어하면서 힘을 비축해둡시다."

멤논 왕도 아마조네스와 비슷한 시기에 출발했으니 머잖아 도착할 거라고 생각했다.

이때 냉정한 장군 폴리다마스는 격분하여 외쳤다.

"멤논 왕을 기다릴 필요 없습니다."

"그게 무슨 소리요?"

"헬레네를 메넬라오스에게 보냅시다. 그녀가 올 때 가져온 보석의 갑절쯤 되는 예물과 함께 말입니다. 이 싸움은 헬레네 때문에 벌어진 것이 아닙니까? 그녀를 돌려보내기만 하면 더 이상 싸울 필요도 없습니다."

그러자 파리스가 벌떡 일어났다.

"이 비겁한 자가 무슨 소리를 하는 거냐?"

헥토르의 부관이기도 했던 폴리다마스는 왕자 앞에서도 기세를 꺾지 않았다.

"왕자님이야말로 여자에 빠져서 트로이아의 운명 따위는 안중에도 없지 않습니까?"

일촉즉발의 상황에서 사람들이 둘을 말렸다. 프리아모스 왕이 슬픈 표정으로 말했다.

"적들을 앞두고 우리끼리 싸운다는 것은 말이 안 된다. 멤논 왕이 올 때까지 기다려라."

트로이아군은 다시 성안으로 들어가 문을 걸어 잠그고 수성(守城)에 들어갔다.

얼마 후 멤논 왕이 부대를 이끌고 드디어 도착했다는 소식이 들렸다.

멤논* 왕은 에티오피아의 용사다웠다. 그의 풍채 또한 아킬레우스에 버금갈 만했다. 그의 병사들은 에티오피아의 작열하는 태양에 그을려 모두 구릿빛 피부를 뽐내고 있었다. 프리아모스 왕은 기뻐하며 잔치를 베풀었다. 그는 포도주를 따라 멤논 왕에게 건네며 말했다.

"먼 길 오느라 수고했다. 내 술을 한잔 받아라."

멤논 왕은 단숨에 포도주를 들이켰다. 그는 역전의 용사답게 겸손했다. 전투에 대해서도 호언장담하지 않았다.

"많은 환대와 따뜻한 인사의 말씀 감사합니다."

"부디 저 그리스 놈들을 용감한 무공으로 물리쳐다오."

"저의 무공이 훌륭한지는 그들과 싸워봐야 알 것입니다. 내일 아침에 바로 적들과 싸워야 하는데, 밤늦도록 술을 마시는 것은 옳지 않습니다."

멤논 왕은 타고난 전사답게 전투에 임하는 자세가 남달랐다. 그리하여 잔치는 일찍 끝내고 그날 밤 모두 숙면에 들었다.

다음 날 아침 멤논의 병사들이 성 밖으로
나와 진을 치자 그리스 군사들은 모두 당황했
다. 시꺼먼 피부에 알아들을 수 없는 고함을
지르며 창을 휘두르는 그들의 모습은 마치 지
옥에서 온 전사 같았다. 그리스군의 사기가 꺾
이려고 하자 아킬레우스가 앞으로 나서서 말
했다.

"어떠한 적들이 와도 내가 있는 한 우리 그
리스군은 무사할 것이다."

아킬레우스의 자신에 찬 말에 그리스 군사
들은 평정을 되찾았다.

"공격하라!"

멤논 왕은 그리스군의 왼쪽 진영부터 공격
했다. 그는 네스토르의 아들 안틸로코스와 일
대일로 붙었다. 멤논의 위세는 마치 검은 사
자가 어린 양을 덮치는 것과 같았다. 안틸로
코스는 옆에 있는 무덤의 비석을 뽑아 멤논에
게 집어 던졌다. 벼락같이 날아간 비석이 멤논
의 머리를 가격했다. 멤논은 휘청거리며 뒷걸
음질을 치다 쓰러졌다. 하지만 그는 곧 정신을
차리고 일어났다. 그는 의기양양해하고 있는
안틸로코스의 허점을 발견하고는 그대로 창

여기서
잠깐!!

멤논은 프리아모스 왕의 형제인 티
토노스와 새벽의 여신 에오스 사이
에서 태어난 아들이야. 에티오피아
를 통치하던 그는 트로이아 전쟁에
참전했어. 한마디로 숙부를 돕기 위
해 온 거야. 에티오피아를 다스렸다
고 하는 걸 보면 흑인이 분명해. 하
지만 신화에서는 그가 어머니와 함
께 태양신의 곁에서 하늘을 날아 피
부가 검게 그을렸다고 하지. 그가 아
킬레우스와 겨루는 것은 신의 입장
에서 보면 에오스의 아들과 테티스
의 아들이 싸우는 격이야. 결국 두
여신이 제우스에게 누가 죽어야 하
느냐고 물었어. 제우스가 운명의 저
울에 달아보니 멤논의 무게가 더 나
갔다고 해. 그것은 바로 멤논이 죽는
다는 의미였지. 그의 고향에 대해서
도 시리아라는 설과 중앙아시아라
는 설도 있어.

을 던졌다. 창은 안틸로코스의 갑옷을 뚫고 가슴을 꿰뚫었다.

"으윽!"

방심하던 그는 아버지 네스토르가 보는 앞에서 숨을 거뒀다. 그 기세를 타고 멤논의 군사들과 트로이아의 병사들이 마구 달려들었다. 멤논은 죽은 안틸로코스의 갑옷을 벗겼다. 네스토르는 아들의 시체를 빼앗기자 전차를 타고 아킬레우스에게 달려갔다.

"아킬레우스! 내 아들 안틸로코스가 죽었네. 내 아들의 시신이 욕보이지 않게 도와주게."

"걱정 마십시오. 안틸로코스는 내 친구이기도 합니다."

아킬레우스는 즉시 군사들을 이끌고 달려갔다. 그는 안틸로코스의 갑옷을 벗겨 승리를 자축하고 있는 멤논에게 소리쳤다.

"너희는 모두 물러나라. 너희의 우두머리와 일대일로 싸우겠다."

멤논은 부하들을 뒤로 물리고 평원에서 아킬레우스와 마주 섰다. 멤논은 커다란 바윗돌을 들어 아킬레우스에게 던졌다. 아킬레우스는 방패를 휘둘러 바위를 날려버리고 즉시 달려들어 칼로 멤논의 어깨를 찔렀다. 번개 같은 솜씨였다. 멤논은 피를 흘리면서도 창을 던져 아킬레우스의 어깨에 상처를 냈다. 그야말로 호적수의 대결이었다.

아킬레우스는 피가 흐르는데도 신경 쓰지 않았다. 불사의 몸이기 때문이다. 멤논은 칼을 뽑아 들었다. 공격과 방어가 수없이 이어졌다. 두 사람의 투구에 달린 말총이 잘려 나갔고 서로 밀고 당기며 방패와 투구 턱끈 사이의 목을 일격에 찌르려고 했다. 아킬레우스는 이윽고 멤논에게 틈새가 보이자 재빨리 그곳을 칼로 찔렀다. 청동 칼이 갈비뼈 사이로 파고들자 멤논은 그대로 땅바닥에 쓰러져 숨을 거뒀다.

"멤논을 죽였다!"

아킬레우스는 함성을 지르며 군사들을 이끌고 진격했다. 그리스군은 기세를 올려 단숨에 트로이아 성문까지 도달했다. 성문 앞은 밀고 들어가려는 자와 막으려는 자들로 북적거렸다. 성안으로 쳐들어갈 수만 있다면 공성전은 끝나는 것이었다. 그리스 군사들은 이 싸움을 끝내려고 있는 힘을 다해 돌진했다.

그때 성문 위에 있던 파리스가 화살을 걸어 활시위를 당겼다. 그가 노리는 것은 오로지 아킬레우스 한 사람이었다.

'저자를 죽이기만 하면 된다.'

파리스는 아킬레우스를 향해 활을 쏘았다. 아폴론은 이 운명의 화살을 인도해주었다. 무수히 많은 인파를 뚫고 화살은 아폴론이 노렸던 과녁에 꽂혔다. 바로 아킬레우스의 발뒤꿈치 근육이었다. 그의 어머니 테티스가 발뒤꿈치를 잡고 스틱스 강물에 거꾸로 담그면서 불사의 힘이 미치지 못하게 된 바로 그 부위였다.

"으윽!"

아킬레우스는 비틀거리다 쓰러졌지만, 벌떡 일어나 화살을 뽑고 외쳤다.

"어떤 놈이 나를 쏘았느냐? 나와 정정당당하게 싸우자!"

그의 발꿈치에서 피가 뿜어 나왔다. 피가 멈추지 않자 아킬레우스는 어지럼증을 느끼며 비틀거렸다. 창을 휘두르려 했지만 더 이상 힘을 쓸 수 없었다. 몸속의 피가 끊임없이 빠져나가는 중에도 그는 창으로 겨우

지탱하고 일어나 외쳤다.

"트로이아 놈들아! 내가 죽더라도 너희는 내 창을 피하지 못한다!"

아킬레우스는 마지막 창을 힘없이 던지고 그대로 쓰러졌다. 갑옷이 땅바닥에 요란하게 부딪는 소리가 났다.

그는 마치 거대한 사자가 죽어가는 것과도 같았고, 코끼리가 쓰러져 마지막까지 안간힘을 짜내는 것과도 같았다. 트로이아 군사들은 그의 죽음을 확인하러 다가갈 엄두도 내지 못했다.

예언은 정확하게 실현되었다. 헥토르는 죽기 전에 아킬레우스가 파리스의 손에 죽을 것이라고 예언했다. 아킬레우스가 마지막 발작을 일으키고 숨을 거두자 마침내 트로이아 군사들이 달려들었다. 그의 갑옷을 뺏고 시체를 차지하기 위해서였다.

트로이아 군사들이 아킬레우스를 새까맣게 덮었을 때 그리스 군사들은 이제 싸움의 목적이 달라졌다. 아킬레우스의 시신을 무사히 쟁탈해 자신들의 진영으로 데려가는 것이었다. 시체를 놓고 벌이는 싸움으로 바뀐 것이다. 아킬레우스의 주검을 둘러싸고 사방에서 전투가 벌어졌다. 서로 뒤엉켜 활을 쏠 수조차 없었다.

이것을 해결한 사람은 오디세우스였다. 그는 닥치는 대로 적들을 베어 쓰러뜨리며 아킬레우스에게 다가갔다. 그는 아킬레우스를 둘러업고 비틀거리며 선단 쪽으로 달려갔다.

"막아라!"

아이아스는 부하들과 함께 오디세우스를 보호하며 트로이아 군사들을 막았다. 오디세우스 덕분에 아킬레우스의 시신은 자신의 막사로 옮겨졌다. 브리세이스를 비롯한 여자들이 모두 울면서 그의 몸에 묻은 피와 먼지를 닦았다.

"으흐흑! 이토록 허무하게 돌아가시다니요!"

그들은 깨끗이 닦은 시신을 관 속에 눕히고 하얀 헝겊을 덮었다. 장수들은 자신의 머리카락을 잘라 올리고 모두 오열했다.

테티스는 아들이 죽었다는 소식을 듣고 시녀들을 데리고 물 위로 솟아올랐다. 그날 밤새도록 여름날의 파도처럼 솟아오르는 소리가 바닷가 전체에 울려 퍼졌다. 그것은 바다의 요정들이 애도하는 노랫소리였다. 그리스 병사들은 모두 두려움에 떨었다. 신의 목소리를 이렇게 가까이에서 오랫동안 들은 적이 없었다.

지혜로운 늙은 왕 네스토르는 말했다.

"두려워하지 마라! 저들은 세상을 떠난 아들을 보러 온 어머니와 바다의 요정들이니 우리를 해칠 일은 없다."

그리스인들은 안도하며 조마조마한 마음으로 지켜보았다. 테티스와 바다의 요정들은 신들의 노래를 인간들의 슬픈 애도의 노래에 덧붙였다.

거대한 화장단이 만들어지자 아킬레우스의 시체와 황소, 포도주 항아리, 꿀 항아리 등의 제물을 올리고 불을 붙였다. 그의 유언대로 그의 유해는 파트로클로스의 유해가 담긴 황금 술잔에 함께 넣었다. 황금 술잔을 파트로클로스의 무덤에 다시 넣은 뒤 봉인하고 봉우리 한가운데 비석을 세웠다. 이곳을 지나가는 누구든 여기에 누가 묻혔는지 알 수 있었다.

이윽고 아킬레우스를 추모하는 운동 경기가 열렸다. 전차 경주, 권투와 씨름, 달리기가 펼쳐졌다. 이번에 상을 주는 사람은 테티스였다. 그녀는 승자에게 명예와 고귀한 선물을 주었다. 모든 경기가 끝나자 테티스는 아들을 위해 만들었던 헤파이스토스의 갑옷을 무덤에 놓고 말했다.

"이 갑옷은 내가 아들을 위해 만든 것이다. 가장 용감한 전사에게 주겠다. 트로이아 군사로부터 아들의 시신을 빼앗아 와서 장례를 치를 수 있게 해준 사람이야말로 이 갑옷을 차지할 자격이 있다."

테티스는 이 말을 남기고 바다로 돌아갔다.

그러자 오디세우스가 일어났다.

"테티스 요정이 말한 사람이 바로 나요. 내가 트로이아군에게서 아킬레우스의 시신을 빼앗아 여기까지 업고 달려왔소."

그런데 아이아스도 나섰다.

"아니오. 내 친구인 아킬레우스의 갑옷은 내가 가지는 것이 맞소. 내가 엄호하지 않았다면 여기까지 올 수 없었소."

두 사람은 자신이 가장 용감한 자라고 주장하며 열변을 토했다. 아킬레우스의 갑옷을 차지하는 것이야말로 명예로운 일이었다. 두 사람이 한 치도 물러서지 않자 지혜로운 왕 네스토르가 말했다.

"두 사람 가운데 공을 세운 한 사람을 선정하기는 쉽지 않소. 왜냐하면 선정되지 못한 한 사람은 앙심을 품을 수 있기 때문이오. 두 사람이 양보할 마음이 전혀 없는 상황에서 우리가 직접 선택할 수는 없소. 함께 싸워도 부족할 판에 아군끼리 서로 편이 갈려서는 안 되오. 차라리 우리와 상관없는 자들에게 맡기는 것이 어떻겠소?"

"그게 누굽니까?"

"트로이아의 포로들에게 물어보는 것이오. 그들에게 심판을 맡긴다면 우리끼리 서로 싸울 필요 없지 않겠소."

참으로 지혜로운 판단이었다.

"좋은 생각입니다. 그렇게 합시다!"

"맞는 말씀이오."

아가멤논도 고개를 끄덕였다.

트로이아 포로들이 회의장으로 모두 끌려 나왔다. 수백 명의 포로들 앞에서 아이아스와 오디세우스가 자신들의 주장을 펼치기로 했다. 아이아스가 먼저 연단에 올라섰다.

이때 술의 신 디오니소스는 아이아스에게 장난을 치고 싶었다. 아이아스는 긴장을 풀기 위해 포도주를 딱 한 잔 마셨는데, 신이 포도주의 도수를 올려버린 것이다. 아이아스는 그만 취해서 횡설수설하기 시작했다.

"나로 말할 것 같으면, 내가 군사들을 이끌고 오디세우스는 나의 친구요. 그의 죽음에 내가 군사들을 이끌고 방어했기 때문에 오디세우스가 시체를 가져왔고 아킬레우스도 내가 이것을 갖기를 바랄 것이고! 아무튼 내 공이 최고라고, 딸꾹! 생각한다! 끅! 오디세우스라는 자는 얼마나 겁쟁이요? 겁이 많고 거지로 분장해서 보물이나 훔쳐 오는 자 아니오? 내가 이 갑옷을 차지해야 하오. 딸꾹!"

아이아스의 연설이 끝나자 오디세우스는 침착한 얼굴로 올라와 미소 지으며 말했다.

"그대들이여, 내 말을 잘 들으시오! 아이아스가 나를 겁쟁이라고 비난하고 있지만 그대들이 잘 알 것이오. 나와 싸워보았고, 나에 대해 수많은 이야기를 들었을 것이오. 트로이아의 보물을 가져온 것도 나라는 것을 알고 있지 않소. 파트로클로스를 추모하는 경기에서도 나는 아이아스와 싸웠소. 그때 나는 몸이 온전치 않았소. 부상당한 몸이 겨우 회복된 상태였소. 그런 나를 비겁하다고 할 수 있겠소?"

두 사람의 연설이 끝났다. 트로이아의 포로들은 주위 사람들과 이야기를 나누느라 웅성거렸다.

"오디세우스가 최고지!"

"맞아! 우리에게 저런 장수가 있었다면 이렇게 당하지 않았을 거야."

"아이아스는 무슨 말을 하는지 모르겠어. 술에 취해서 횡설수설하고 있잖아."

포로의 대표가 일어나서 말했다.

"이 갑옷의 주인은 오디세우스 장군이 되어야 할 것입니다."

함성이 터져 나왔다. 그제야 술이 깬 아이아스는 자신이 말실수를 했음을 깨달았다. 그런데 막사로 돌아와서도 디오니소스가 불어넣은 광기는 풀리지 않았다.★ 그는 불현듯 생각했다.

'오디세우스를 죽여버리면 내가 최고의 용사가 되지 않겠어?'

어두운 밤이 되자 그는 칼을 들고 오디세우스의 막사로 다가갔다. 군사들은 앉아서 쉬고 있었다.

"오디세우스는 어디 있느냐? 다들 비켜라!"

그는 병사들을 닥치는 대로 찌르고 목을 베었다. 어찌 된 일인지 오디세우스의 병사들은 아무도 저항하지 않고 그대로 피를 흘리며 쓰러졌다.

"내가 얼마나 용맹한 장수인지 보여주겠다."

그는 병사들을 죽이며, 오디세우스를 찾아 헤맸다. 그의 몸은 온통 피투성이가 되었다. 밤새도록 끝없는 살육이 이어졌다.

마침내 그가 지쳐서 헉헉댈 무렵 동이 트기 시작했다. 그제야 아이아스는 자신이 무슨 일을 저질렀는지 알게 되었다. 디오니소스가 불어넣은 광기가 풀린 것이다.

"아, 이게 어떻게 된 일인가!"

그가 서 있는 곳은 피 웅덩이였다. 시뻘건 피가 잘박잘박한 곳에 서서 그는 자신의 모습을 바라보았다. 머리부터 발끝까지 온통 피투성이였다.

"아! 우리 군사들을 죽이다니! 내가 제정신이 아니었구나."

아이아스는 절망적으로 울부짖으며 고개를 돌렸다. 그런데 그곳에는 그리스의 병사들이 아니라 수많은 양들이 쓰러져 있었다. 그는 군사들이 잡아먹으려고 기르던 양의 목장으로 들어가 양들을 무참히 도륙한 것이었다.

여기서 잠깐!!

아이아스의 죽음은 참 엉뚱해. 일설에 의하면 아이아스는 팔라디온을 요구했다고도 해. 이로 인해 지휘관들과 갈등을 일으켰고 복수하겠다고 벼르다 죽었다는 설이 있어. 또 다른 설은 오디세우스에게 진 것이 분해서 미쳤다고도 해. 여기서는 홧김에 술을 먹고 이성을 잃은 것으로 그렸어. 그것이 죽음에 대한 설명으로는 가장 합리적인 것 같아.

"아아! 이렇게 불명예스러운 짓을 저지르고 살아서 무엇 하겠는가?"

그는 칼을 뽑아서 땅바닥에 거꾸로 꽂았다. 그러고는 뒤로 물러났다가 날카롭게 서 있는 칼날 위로 몸을 던졌다. 칼날은 주인도 알아보지 못하고 예리하게 몸속으로 파고들었다. 아이아스의 운명은 그렇게 끝났다.

16

파리스의 죽음

아이아스의 자결은 그리스 연합군에게 큰 충격을 주었다. 위대한 장수의 죽음에 모두 오열하며 통곡했다. 더구나 그가 죽은 이유가 너무 어이없었다.

가장 황망해한 것은 오디세우스였다.

"아! 나의 잘못이 크다. 트로이아의 포로들이 나를 선택하지 않았다면 이런 일은 벌어지지 않았을 것이다. 아이아스의 죽음으로 우리 그리스군은 큰 손실을 보았다."

하지만 이미 뒤늦은 후회였다. 그리스군은 아이아스를 화장하고 그를 추모하기 위한 운동 경기를 열었다.

핵심 전력이나 마찬가지인 두 장수가 죽고 나서 그리스군의 전력 손실은 점점 심각한 상태에 이르렀다. 아가멤논은 장수들을 불러 모아 이 문제를 협의했다.

"10년이 넘었는데도 우리는 아직 트로이아를 공략하지 못하고 있소. 게다가 훌륭한 용사들을 너무 많이 잃었소. 시간이 지날수록 트로이아를 함락할 가능성은 점점 희박해지고 있으니 어찌하면 좋겠소?"

예로부터 전쟁에 나간 장수들은 막막할 때마다 예언자를 찾는 법이었다.

"칼카스를 찾아가서 한번 물어봅시다."

"달리 방법이 없으니 그렇게 해봅시다."

그들은 칼카스를 찾아가서 이 전쟁을 마무리하려면 어찌해야 할지 물었다. 칼카스는 제물을 올리고 정신을 집중해서 영계(靈界)로 들어갔다. 잠시 뒤 신탁의 소리를 들은 칼카스가 말했다.

"눈앞에 렘노스섬이 보입니다."

렘노스라면 그리스 연합군이 생생히 기억하는 섬이었다. 10년 전 그들이 트로이아로 쳐들어올 때 물을 싣기 위해 렘노스섬에 상륙한 적이 있다. 그때 멜리보이아의 왕 필록테테스는 선발로 내렸다가 그만 독을 뿜는 용과 맞닥뜨려 싸우게 되었다. 용은 필록테테스의 발목을 물었고, 그는 용맹하게 용의 목을 쳤다. 하지만 물린 상처가 도무지 낫지 않았고, 온몸에 독이 퍼져서 더러운 냄새가 뿜어 나왔다. 그는 고통에 찬 비명을 끊임없이 질렀다. 다른 병사들이 그 소리에 잠을 설칠 정도였다.

"필록테테스가 불쌍하긴 하지만 배를 타고 함께 갈 수는 없습니다."

"맞습니다. 그의 비명 소리와 악취에 모두 미쳐버릴 것만 같습니다."

한 사람 때문에 전체를 희생할 수는 없었다. 필록테테스는 몸에서 진물이 나고 온통 살이 썩어 악취가 나는데도 죽지는 않았다.

"어쩔 수 없다. 일단 그를 섬에 두고 가자. 돌아가는 길에 다시 태워서 가는 수밖에 없다."

그들은 금방 전쟁을 끝내고 돌아오리라 여기고 필록테테스를 섬에 두고 떠났다.

"나를 버리고 가지 마라. 나를 데려가라."

그의 비명 소리가 그들의 발목을 잡았지만 어쩔 수 없었다.

칼카스는 그 필록테테스를 떠올린 것이었다.

"렘노스섬에 두고 온 필록테테스를 데려오십시오. 그가 없이는 트로이아 성을 함락할 수 없고, 파리스 왕자를 죽일 수도 없다고 합니다."

트로이아 군대는 파리스가 이끌고 있었다. 파리스는 전쟁의 원인을 제공한 자신이 전쟁을 끝내야 한다는 결자해지(結者解之)의 심정으로 싸우는 것이었다.

"그렇다면 어서 빨리 필록테테스를 데려옵시다."

가장 지혜롭고 용맹한 디오메데스와 오디세우스가 그를 데리러 가기로 했다. 그들은 배를 타고 바다로 나아갔다. 한참을 항해해 렘노스섬 가까이 이르니 벌써부터 비명 소리가 들려왔다. 10년 전에 들었던 바로 그 소리였다. 필록테테스는 아직도 상처가 낫지 않은 것이었다.

그들은 바닷가에 배를 대고 소리 나는 쪽으로 걸어갔다. 움푹 들어간 해식동굴 안에서 지옥의 소리와 같은 비명이 새어 나왔다. 필록테테스는 제대로 먹지 못해 뼈만 앙상하고 수염과 머리카락도 깎지 못해 사람인지 괴물인지 알 수 없었다. 그는 헤라클레스의 활과 화살을 든 채 누워서 비명을 질러대고 있었다. 아물지 않은 상처에서는 독물이 뚝뚝 떨어졌다. 그가 누운 자리 밑에는 수없이 잡아먹은 새들의 뼈와 깃털이 널브러져 있었다.

오디세우스와 디오메데스가 다가오는 것을 보고 그는 화살촉에 자신의 다리에서 뿜어 나오는 독물을 묻혀서 쏘려고 했다. 디오메데스와 오디세우스는 다급하게 소리를 질렀다.

"필록테테스! 우릴세. 자네를 데리러 왔네. 쏘지 말게. 나는 오디세우스네"

"나는 디오메데스일세."

그제야 필록테테스는 옛 전우들을 알아보고 활과 화살을 내려놓았다. 악취 때문에 가까이 다가갈 수 없었던 두 사람은 필록테테스와 조금 떨어져서 자초지종을 이야기했다.

"우리는 아직까지도 트로이아를 점령하지 못하고 있다네. 우리와 함께 가세. 어떻게 해서든 상처를 치료해주겠네."

필록테테스는 분노가 가시지 않은 목소리로 말했다.

"하지만 나의 잃어버린 삶을 어떻게 보상할 것이오? 10년간 이 섬에서 혼자 외롭게 고통을 견디고 있었소."

"자네가 함께 가준다면 지난 10년의 세월이 헛되지 않을 정도로 충분히 보상하겠네."

필록테테스는 마음 같아서는 둘 다 죽여버리고 싶었다. 하지만 그들을 죽이면 다시는 영원히 고향으로 돌아갈 수 없었다.

"알았소. 내가 가서 독화살을 날려 그들을 다 처리하겠소. 지금 나와 약속한 것을 지키시오."

노잡이들이 내려와 들것에 필록테테스를 실었다. 오디세우스는 나무들을 모아 불을 붙인 뒤 끓인 물로 필록테테스의 상처를 씻어주고 그의 머리도 말끔하게 잘라주었다. 그리고 온몸에 기름을 발라주고 부드러운 천으로 만든 옷도 입혀주었다. 그제야 필록테테스의 몰골이 사람 같았다. 음식과 고기와 포도주를 양껏 내오자 필록테테스는 허겁지겁 먹었다. 10년 만에 제대로 된 음식을 먹고 절반쯤 노여움을 풀었다.

다음 날 그들은 배를 띄워 트로이아로 향했다. 때마침 신들이 도와줘서인지 순풍이 불었다. 그들은 별 탈 없이 검은 선단이 있는 트로이아의 바다에 도착했다.

트로이아 성과 선단들 그리고 벌판에 불이 켜져 있는 것을 보고 필록테테스는 눈을 반짝였다. 오디세우스와 디오메데스는 필록테테스를 막사로 데려가서 치료를 받게 해주었다. 마카온은 독을 제거하는 약초를 발라주었다. 그리고 아가멤논이 직접 찾아와 진심 어린 사과를 했다.

"필록테테스, 우리가 그대를 섬에 두고 온 것을 용서하게. 그 대신 자네에게 충분한 보상을 해주겠네."

여자 시종 여러 명과 함께 말 스무 필, 그리고 청동 그릇들이 잔뜩 쌓여 있는 것을 보고 필록테테스는 흡족했다. 이 정도면 전리품으로 훌륭했다. 여종들은 그의 머리를 감기고 손질해서 빗겨주었다. 아가멤논은 자신의 옷 가운데 가장 좋은 것을 내주었다. 필록테테스는 빠르게 회복되어 온몸에 근육이 붙기 시작했다. 몸이 회복되자 그는 빨리 나가서 싸우고 싶다는 생각이 들었다.

"한시라도 빨리 나가서 적들을 모조리 처단하고 싶소. 나는 몸에 스치기만 해도 사망에 이르는 치명적인 독을 가지고 있소."

필록테테스의 다리에서는 여전히 독물이 흐르고 있었다. 전투를 위해 그는 상처를 완전히 아물지 않게 했던 것이다. 그러자 그리스의 장수들 중 몇몇은 반대 의견을 내세웠다.

"정정당당하지 않은 방법 아닙니까?"

"독을 묻혀 적을 죽이다니요? 이것은 미개인들이나 하는 짓입니다."

그 말을 들은 필록테테스는 눈을 부라리며 말했다.

"내가 10년 동안 죽지 않고 살 수 있었던 비결이 무엇인 줄 아시오? 바로 죽이는 방법을 터득했기 때문이오. 나는 무언가를 죽여야 살 수 있었소. 바닷가에 사는 물개와 새들을 잡아먹으면서 버틴 것이오. 내가 필요하다면 내 방식대로 하게 놔두시오!"

그들은 더 이상 할 말이 없었다. 의리 없이 그를 버리고 온 것은 자신들이었기 때문이다.

마침내 전투가 벌어졌고 트로이아 성 밑까지 쳐들어간 그리스군은 성을 향해 돌과 창 그리고 화살을 쏘아 올렸다.

트로이아 성의 군사 책임자는 파리스였다. 그는 성벽에 올라서서 빈틈을 노려 화살을 아래로 쏘았다. 그의 화살은 거의 백발백중으로 그리스 병사들을 쓰러뜨렸다. 필록테테스는 파리스를 보더니 앞으로 나가서 외쳤다.

"아하하! 파리스! 이 모든 일이 벌어지게 만든 원흉이 바로 너구나. 오늘이 바로 네놈이 죽는 날이다."

파리스는 난생처음 보는 괴물 같은 자가 자신을 모욕하자 의아했다.

"대체 어디서 갑자기 나타난 자이더냐?"

"나는 필록테테스다. 네놈이 아킬레우스 장군을 죽였다지? 하지만 나한테는 어림없다. 나는 10년간 화살 하나로 살아남은 사람이니까. 게다가 이 활과 화살이 무엇인지 아느냐?"

헤라클레스가 죽을 때 그의 화장단에 불을 붙여주고 받은 활과 화살이었다.

"헤라클레스의 화살을 한번 받아봐라."

그는 자신의 상처에서 나온 독을 화살촉에 묻혀 쏘아 올렸다. 팅 하고 시위를 놓자 쏜살같이 날아간 화살촉이 파리스의 손등을 살짝 스쳤다. 젊은 파리스는 재빨리 화살을 피했지만 그걸로 끝이었다. 독은 몇 번의 심장박동으로 온몸에 퍼졌다. 온몸의 세포들이 절규하는 소리가 파리스의 두뇌로 전해졌다.

"으아아!"

파리스는 가슴을 쥐어뜯으며 몸부림치다 성벽 아래로 떨어지고 말았다. 깜짝 놀란 트로이아군이 파리스를 구해 둘러업고 재빨리 성안으로 들어갔다.

"왕자님이 화살에 맞았다!"

트로이아에 있는 모든 의사들이 달려들었지만 해독할 방법이 없었다. 파리스의 온몸에서 진물이 났다. 그는 필록테테스가 그랬던 것처럼 고통의 비명을 질러댔다. 살이 썩어 악취가 진동했다.

파리스는 이를 악물고 말했다.

"내가 살 수 있는 방법은 단 하나다."

"무엇입니까? 빨리 말씀해보십시오!"

"내가 살았던 이다산 기슭으로 나를 데려가라. 그곳에 사는 요정 오이노네만이 나를 치료할 수 있다."

숲속에 사는 요정 오이노네는 모든 약초의 신비한 효능을 알고 있기에 파리스를 살릴 치료제를 가지고 있을 거였다.

병사들은 들것에 파리스를 싣고 이다산 숲길을 올라갔다. 파리스가 한때 사랑하는 오이노네를 만나려고 자주 오가던 길이었다. 하지만 헬레네를 만난 뒤로는 한 번도 찾지 않았다.

마침내 깊은 산속으로 들어가 오이노네의 동굴 앞에 이르렀다. 오이노네가 나직하게 부르는 슬픈 노랫소리가 숲속에 울려 퍼졌다.

"오이노네!"

파리스가 안간힘을 쓰며 이름을 불렀다. 오이노네는 꿈에도 그리던 목소리를 듣고 바깥으로 달려 나왔다. 영혼 없이 창백해진 오이노네의 모습을 보자 파리스는 양심의 가책을 느꼈다. 자신이 버린 여인을 다시 찾아와서 도움을 구하는 것은 염치없는 짓이었다. 하지만 그는 살기 위해 손을 내밀며 말했다.

"오이노네! 나를 살려줘! 나를 모른 척하지 말아줘!"

하지만 오이노네는 그의 손을 잡기는커녕 뒤로 물러섰다.

파리스는 다시 한번 살려달라고 호소했다.

"도무지 견딜 수 없는 고통이야. 너를 버리고 간 나를 용서해줘. 운명의 여신 모이라이가 나를 헬레네에게 이끌었던 거야. 진심으로 후회하고 있어. 헬레네를 만나지 말고 평생 너와 함께 살았다면 행복했을 텐데. 으아악! 나를 불쌍히 여겨서 고통 속에 죽지 않게 해줘."

하지만 오이노네는 냉정한 목소리로 쏘아붙였다.

"당신의 헬레네가 치료할 수 없었나 보죠? 아름답고 예쁜 헬레네가 당신을 잘 돌봐주지 않겠어요? 그녀한테 가서 고통을 없애달라고 말하세요."

파리스의 몸에 퍼진 독은 인간이 치료할 수 없다는 것을 알면서도 오이노네는 동굴로 들어가버렸다. 그녀는 파리스와의 추억을 떠올리면서 슬픔의 눈물을 흘렸다.

"왜 죽어가는 모습으로 나를 찾아왔단 말인가. 나를 버린 매정한 남자이지만 지금은 너무 불쌍하구나. 흑흑흑."

한참을 오열하고 나자 마음이 조금 가라앉았다. 오이노네는 다시 동굴 밖으로 나왔다. 자신이 사랑하는 남자를 외면할 수 없었다. 10년이 지난 지금까지 그녀는 여전히 그는 기다리고 있었던 것이다. 하지만 동굴 밖에는 아무도 없었다.

오이노네가 자신에게 등을 돌리자 파리스는 모든 희망을 내려놓고 체념했다.

"내가 갓난아이였을 적에 버려졌던 숲속으로 데려가다오. 그곳에서 죽고 싶구나."

짐승들도 죽을 때는 자기가 태어난 곳으로 간다고 했던가. 오이노네가 파리스를 찾아 헤매는 동안 파리스 깊은 숲속의 나무 밑에 누워 숨을 거두었다. 그가 숨지자 병사들은 그의 시신을 들고 내려와 성안으로 옮겨놓았다.

파리스가 죽은 채 돌아오자 어머니를 비롯해 성안에 있는 모든 여인들이 머리를 풀어헤치고 울었다.

"으흐흑! 아들아!"

헬레네는 헥토르에 이어 파리스까지 죽자 슬픈 노래를 부르며 하염없이 자신의 가슴을 쥐어뜯었다.

슬픔 속에서 파리스의 장례식이 치러졌다. 성 밖에 화장단을 높게 쌓아 시신을 올려놓고 불을 붙였다. 어둠 속에서 피어오르는 불길이 파리스의 영혼을 멀리 보내주는 듯했다.

이때까지도 오이노네는 사방으로 파리스를 찾아 헤맸다.

"파리스! 파리스! 어디 있나요?"

산등성이에 올랐을 때 오이노네는 트로이아 성 밖에서 붉은 화염과 함께 연기가 하늘 높이 솟아오르는 것을 보았다. 그녀는 파리스가 죽었다는 것을 직감했다.

"흑흑흑, 파리스! 당신은 이제야 내 것이 되었군요. 나도 당신과 같이 가겠어요."

살아 있을 때는 다른 여자의 남자였지만 죽어서는 헤어지지 않기로 결심했다. 오이노네는 산길을 뛰어 내려와서 평원을 달려갔다. 트로이아 백성들이 화장단 불길 너머에서 슬퍼하고 있었다.

오이노네는 얼굴을 가린 채 군중들 사이를 뚫고 마침내 맨 앞으로 나

아갔다. 화염에서 뿜어 나오는 연기가 퍼지면
서 사방을 뿌옇게 뒤덮을 때 오이노네는 불길
속으로 뛰어들었다. 화염은 마치 오이노네를
기다렸다는 듯이 더 활활 타올랐다. 오이노네
는 이미 불덩어리가 된 파리스의 몸을 끌어안
고 함께 죽음을 맞이했다.★

불길은 밤새도록 타올랐다. 마침내 불이 꺼
지고 재가 식자 사람들은 황금 술잔에 오이노
네와 파리스의 유해를 함께 담고 땅에 묻은
다음 흙을 덮었다. 또 하나의 무덤이 평원에
생겨났다.

먼 훗날 숲의 요정들은 오이노네와 파리스
의 애절한 사랑을 기억하기 위해 그곳에 덩굴
장미를 심었다. 덩굴장미는 서로 엉켜서 아름
다운 꽃을 피웠다. 두 개의 가지는 마치 하나
의 가지인 것처럼 뒤엉켜 서로를 찌르면서도
영원히 떨어지지 않았다.

여기서
잠깐!!

오이노네는 오래전 파리스에게 무
슨 일이 생기면 자신이 살려주겠다
고 했지만 그 약속을 저버렸어. 질투
에 눈이 멀었기 때문이야. 오이노네
는 화장단에 뛰어들어 죽었다는 설
도 있고 목을 매서 죽었다는 이야기
도 있어. 무엇이건 배신에 대한 증오
는 이렇게 무섭다는 교훈을 주지.

17

트로이아의 목마

　파리스의 죽음으로 트로이아는 가늠할 수 없는 상실감에 빠졌다. 이제 트로이아 성을 지킬 수 있는 사람이 얼마 남지 않았다. 긴급한 상황에서 설전이 벌어졌다.

　"이제라도 헬레네를 메넬라오스에게 보내야 합니다."

　이 전쟁의 원인이었던 파리스도 죽은 마당에 더 이상 싸울 이유가 없다는 주장이었다. 하지만 반대 의견도 만만치 않았다.

　"헬레네를 보낸다면 그녀는 비참한 죽음을 맞이할 것이오. 그렇게 되면 우리가 10년 동안 싸운 것이 아무 의미가 없게 되는 것이오."

　자신들이 받아들이고 지키려 했던 헬레네를 이제 와서 무책임하게 돌려보내는 것은 불명예스러운 일이었다.

"하지만 희생이 너무 큽니다. 이제는 전쟁을 끝내고 싶소."

"어차피 전쟁은 사소한 것으로 시작하고 명분도 바뀌는 법이오. 우리는 헬레네라도 지켜야 합니다. 이제는 그녀를 잘 보호해주는 것이 트로이아의 명예를 지키는 길이오."

장수와 신하들의 이야기를 듣고 나서 프리아모스 왕이 말했다.

"알겠다. 데이포보스가 총사령관을 맡고 헬레네를 보살펴주도록 하라."

파리스의 형제 중 하나인 데이포보스는 헬레네와 결혼하게 되었다. 이는 형사취수제★와 비슷한 것이었다.

전쟁은 계속 이어질 수밖에 없었다. 그리스군은 다시 심기일전하여 트로이아에 결정적인 공격을 퍼부었다. 그러나 트로이아 성은 여전히 난공불락이었다. 성안으로 진입하지 않는 한 전쟁을 끝낼 수 없었다. 필록테테스의 독화살도 더 이상 먹히지 않았다. 그의 화살이 얼마나 위험한지를 알게 되자 트로이아의 병사들은 필록테테스가 나타나기만 하면 모두

여기서 잠깐!!

형사취수제는 고대사회에서 형이 죽으면 그 아우가 형수와 결혼하는 제도야. 이 제도는 주로 혈통과 가문을 유지하고, 과부와 그 자녀를 보호하기 위한 목적으로 시행되었어. 형사취수제는 특히 고대 히브리인, 한자 문화권 등 여러 문화권에서 발견되고 있어. 유대교 율법에서도 찾아볼 수 있는데 이를 통해 사회적 안전망을 제공한 거지.

성벽이나 바위 혹은 문짝 뒤로 숨어버렸다. 그리스 병사들이 성벽을 타고 올라가려고 하면 돌을 굴리거나 뜨거운 물을 부었다. 이대로는 소모전만 이어질 뿐이었다. 그리스군은 낮에는 공격하고, 밤에는 후퇴하기를 계속 반복했다.

아가멤논은 다시 한번 회의를 소집했다. 이제는 장수와 왕들도 얼마 남지 않았다.

"다시 한번 칼카스에게 지혜를 구해보자."

장수들 앞에 불려온 예언자 칼카스가 신탁을 들려주었다.

"신들이 우리에게 한 가지 방법을 알려주었습니다. 매에게 쫓긴 비둘기가 가까스로 바위틈에 숨어들자 매도 따라서 그 틈으로 들어가려 했습니다. 하지만 덩치가 큰 매는 비둘기를 쫓아 들어가지 못했지요. 한참을 생각하던 매는 날아올라 멀리 간 것처럼 바위 뒤에 숨어 있었습니다. 어리석은 비둘기는 매가 가버린 줄 알고 날갯짓을 하며 날아올랐습니다. 그때 매가 다시 나타나 비둘기를 덮쳐 갈가리 찢어 죽였습니다."

"그걸 어떻게 해석하면 되겠소?"

"힘만으로는 안 되니 꾀를 쓰라는 뜻입니다. 매조차 비둘기를 잡기 위해 꾀를 쓰지 않습니까?"

"어떤 꾀를 말이오?"

"그것은 여러분들이 생각해내야 합니다."

그때 가장 머리가 좋고 지혜로운 오디세우스는 기발한 아이디어가 떠올랐다. 그는 원래 지략이 뛰어나고 꾀가 많기도 했지만 이번에는 아테나 여신이 그에게 알려준 것이었다. 그는 벌떡 일어나더니 빛나는 얼굴로 입을 열었다.

"트로이아는 말을 숭상하는 족속이오. 그동안 그들이 타고 나온 말들을 보시오."

트로이아 병사들은 항상 잘 관리된 최고의 말을 타고 전장에 나왔다. 그리스군에게는 트로이아의 장수를 죽이고 그 말을 차지하는 것이 무엇보다 큰 전리품이었다.

"그 말이 어떻다는 거요?"

모두 말이 무슨 해결책인가 싶어 고개를 빼고 그가 말하기를 기다렸다.

"저들이 좋아하는 목마를 만드는 겁니다."

"목마라니, 그게 무슨 말이오?"

"사람이 들어갈 수 있는 목마 말입니다."

"사람이 들어가려면 이 막사 정도는 되어야 하지 않소?"

"그보다 훨씬 커야 합니다. 속이 텅 빈 엄청나게 큰 목마를 만드는 겁니다. 목마 속에 우리 군사들이 들어가 완벽하게 밀봉한 다음 성문 앞에 두고, 나머지는 모두 고향으로 떠나는 것입니다."

"그러면 남겨진 군사들이 어떻게 하겠다는 것이오?"

"신탁에서 말한 매처럼 떠나는 척하고 숨어 있는 것이지요. 여기서 보이지 않는 테네도스섬에 숨어 있으면 트로이아군은 우리가 완전히 철수한 줄 알 것입니다. 그러면 신탁의 비둘기처럼 성 밖으로 나올 것입니다. 그리고는 우리가 놔둔 목마를 발견하겠지요. 원래 말을 좋아하는 사람들이니 성안으로 끌고 들어갈 겁니다. 그다음은 여러분이 짐작하는 그대로입니다."

"하지만 과연 목마 속에 아무것도 없다고 믿을까요?"

"자칫 불길하다는 것을 직감하고 목마를 부수거나 그대로 불태워 버리면 어떡하오?"

온갖 우려와 반대의 의견이 속출했다. 오디세우스는 아무 문제 없다는 듯 고개를 끄덕였다.

"그러니까 첩자가 하나 필요합니다."

"첩자?"

"그렇소."

그들은 혹시나 트로이아 측의 첩자가 있으면 들을까 봐 조용히 속닥였다. 칼카스는 이야기를 들으면서 연신 고개를 끄덕였다.

"과연 매와 같은 꾀입니다. 오디세우스 당신은 역시 신의 지혜를 가졌군요."

그때 새 두 마리가 막사의 오른쪽으로 날아갔다.

"저걸 보시오. 좋은 징조요. 신께서도 그 작전을 쓰라는 뜻입니다."

아가멤논은 결심했다.

"좋다. 무슨 방법이든 써보자. 배를 만들어본 적이 있거나 손재주가 뛰어난 자들을 모두 모아라. 이 모든 일은 에페이오스가 책임지고 진행하라."

목수이자 권투 선수이기도 한 에페이오스가 병사들을 추려 일을 분담하기 시작했다. 그들은 이다산으로 올라가 큰 나무들을 베고 찍어내 아래로 내려보냈다. 단풍나무, 소나무, 참나무 등이 각각의 쓰임새에 따라 분류되어 그리스 진영으로 옮겨졌다. 에페이오스는 설계도에 따라 한 치의 오차도 없이 판자를 만들고 다듬었다. 수백 명이 달려들어 분업을 하니 일의 진척 속도가 엄청나게 빨랐다.

군사들이 모두 나서서 힘을 보태자 사흘 만에 아가멤논의 막사보다 큰 말의 형태가 드러나기 시작했다. 목마의 옆구리에는 사람이 드나들 수 있는 문도 만들었다. 목마의 배 속에 스무 명 정도의 병사들이 들어가 바짝 웅크리고 앉을 수 있었다.

에페이오스가 최고의 역작을 만들겠다는 심정으로 목마를 만드는 동안 장수들은 그 안에 들어갈 결사대를 뽑았다. 그리고 가장 중요한 역할을 할 사람을 선정해야 했다. 바로 첩자 노릇을 할 사람이 필요했다.

"이 작전의 성공은 첩자의 손에 달렸다고 해도 과언이 아니다. 누가 나설 것이냐?"

그때 얼굴이 낯선 시논*이라는 선량하게 생긴 병사가 손을 들었다.

"제가 하겠습니다!"

"그대는 나가서 싸워본 적이 없지 않은가?"

시논은 후방에서 물품을 보급하는 역할을 담당하는 병사였다.

여기서 잠깐!!

원래 시논은 오디세우스의 친척이라고 해. 일설에 의하면 그는 프리아모스 앞에 끌려가 아무 말도 안 하는 바람에 코와 귀를 잘리고 나서야 비밀을 털어놨다고도 하지. 시논과 같은 첩자의 역할은 전쟁의 승패를 결정할 만큼 중요해. 제2차세계대전 당시 노르망디 상륙작전에서도 연합군은 독일군을 속이기 위해 첩자를 보냈어. 독일군이 프랑스 북부에 상륙할 거라고 가짜 정보를 흘리고 부대도 배치하는 척하자 독일군은 이를 믿고 병력을 분산시키는 바람에 연합군은 노르망디에 성공적으로 상륙해 전쟁의 흐름을 바꾸었지.

"그렇기 때문에 제가 적임자입니다. 제가 전투에 나가서 싸웠더라면 트로이아군 중에 저를 알아보는 자가 있을 것입니다. 저는 낯선 인물이기에 오히려 제 말을 믿을 것입니다. 제가 반드시 트로이아군을 속이겠습니다. 이 전쟁을 빨리 끝내고 고향으로 돌아가고 싶습니다."

시논은 어릴 때 출정에 따라와서 어느새 건장한 청년이 되었다.

"전리품을 가지고 가서 부모님께 드리고 결혼도 하고 싶은 마음뿐입니다. 전투에 나서지 못해 이렇다 할 전리품을 못 챙겼습니다."

"좋다! 그럼 그대가 첩자의 역할을 맡아라. 이제 목마의 배 속에 들어갈 사람들을 꾸려야 한다."

맨 먼저 손을 든 사람은 놀랍게도 늙은 왕 네스토르였다.

"비록 늙은 몸이지만 나를 넣어주게. 나는 이곳에서 죽어도 여한이 없다네."

"당신은 너무 연로하셔서 안 됩니다."

그러자 아가멤논이 나섰다.

"내가 나서겠다."

"대왕도 안 됩니다. 선단을 이끌고 숨어 있다가 다시 돌아와서 트로이아를 함락시키기 위해 진두지휘해야 하지 않습니까. 목마 안에 들어가 있다가 자칫 일이 틀어져서 목마가 불에 타거나 독 안에 든 쥐가 되면 곤란합니다."

아가멤논도 제외되었다. 결국 오디세우스, 메넬라오스, 디오메데스 등 그리스 연합군에서 가장 용맹한 장군들이 목마에 들어가기로 했다. 그리고 마지막으로 목마를 만든 에페이오스가 손을 들었다.

"내가 만든 작품 속에 직접 들어가 보고 싶소."

그렇게 스무 명의 최고 용사들이 목마 속에 들어가기로 했다.

결전의 날이 정해지자 메넬라오스는 오디세우스를 붙잡고 한쪽으로 끌고 갔다.

"친구여, 트로이아를 함락한다면 내가 가지고 있는 땅을 하나 주겠네. 우리 가까이 살면 좋지 않겠나?"

"왜 나에게 그런 걸 제안하시오?"

"내가 죽 지켜봤는데, 자네만 한 용사가 없다네. 우리는 서로 동서지 간이니 같이 사는 게 어떻겠나?"

오디세우스는 웃으며 말했다.

"나의 섬 이타카는 바위투성이에 산밖에 없지만 그곳을 떠날 생각이 없소."

"그렇다면 그대가 이번 전쟁에서 도와준 은혜를 어떻게 갚겠는가?"

"땅이나 금덩어리 말고도 내 소원을 들어줄 수 있을 것이오."

메넬라오스는 오디세우스의 손을 붙잡고 진심 어린 감사의 말을 전했다.

"내가 제우스 신에게 맹세하겠네. 자네야말로 나의 진정한 친구일세. 우리 같이 죽고 같이 살도록 하세."

"좋소."

목숨을 건 결사대는 갑옷을 차려입고 목마 속으로 들어갔다. 그들은 두꺼운 양가죽으로 온몸을 감싸고 차곡차곡 짐이 실리듯이 목마 속에 들어가서 몸을 고정했다. 목마를 끌고 가거나 쓰러뜨렸을 때 소리가 나지 않기 위해서였다.

한편 트로이아의 성벽에서도 뭔가 낌새를 알아차리고 있었다. 그리스군이 이상한 것을 만들고 있다는 사실을 첩자들이 수시로 보고했다.

"저자들이 이상한 신무기를 만드는 것 같습니다."

"그래? 우리도 방비를 철저히 하고 감시 태세를 늦추지 마라!"

트로이아는 더욱 긴장을 놓지 않았다.

그날 밤 결사대가 모두 목마 속으로 들어가고 밖에서 완전히 밀봉한 뒤에 목공들은 나뭇조각들을 한 군데 모았다. 그러고는 망가진 배들과 막사들에 기름을 붓고 불을 질렀다. 그리스군은 남은 배를 띄워 모두 순식간에 큰 바다로 나가버렸다.

성벽에서 경계 태세를 늦추지 않고 망을 보던 트로이아군은 그리스 진영에서 엄청난 불길이 치솟고 군사들이 일제히 바다로 나가는 것을 보았다. 이 사실은 곧바로 보고되었다. 모든 장수들과 왕들이 성벽에 올라와서 그리스 선단이 떠나는 모습을 보았다.

"저들이 드디어 떠납니다. 만세! 만세!"

모두 기쁨의 함성을 올렸다. 해변에는 거대한 불꽃이 피어오르며 막사와 반쯤 가라앉은 배들을 모두 태웠다. 새벽빛이 비칠 때쯤 그리스군의 배는 수평선 너머로 사라져 더 이상 보이지 않았다.

태양이 떠오르자 성문이 열리고 트로이아 사람들이 밖으로 나왔다. 그들은 10년 만에 되찾은 자신들의 평원으로 뛰어나가고 싶었다. 그러나 경계심을 늦춰선 안 되었다.

"모두 갑옷을 입고 완전무장한 뒤 조심스럽게 살펴보아라. 그리스 놈들이 무슨 잔꾀를 부렸을지 모른다."

그들은 좌우를 살피며 서서히 불탄 현장으로 나가보았다. 목재로 지어진 모든 막사들에는 여전히 불씨가 남아 있었지만 물건이라고는 하나도 없었다. 전쟁에서 후퇴할 때는 적들에게 물자를 남겨두지 않는 것이 원칙이었다. 눈을 씻고 봐도 바닷가에는 개미 새끼 한 마리 없었다. 모래톱에는 배들이 올라왔던 흔적만이 있을 뿐이었다. 그곳에서 유유히 자리를 지키고 있는 것은 거대한 목마 하나뿐이었다.

"이건 처음 보는 물건인데."

프리아모스 왕과 귀족들은 모두 나와 어마어마하게 큰 목마를 바라보며 감탄해 마지않았다. 목마의 다리와 그 밑에 놓은 깔판을 살펴보며 다시 한번 감탄했다.

"대단한 솜씨야. 못 자국 하나 보이지 않아. 어떻게 이런 목마를 만들었단 말인가?"

그들은 목마를 살펴보고 경외심이 일었다. 어떤 사람들은 엎드려 절을 하기까지 했다. 트로이아는 말을 숭배했기 때문이다.

그때 바다의 신 포세이돈의 제사를 담당하는 사제 라오콘도 아들 둘을 데리고 바닷가에 나와 그 목마를 보았다. 포세이돈의 계시를 느낀 그는 목마가 위험한 물건임을 알아보았다.

"여러분, 가까이 가지 마시오! 저것은 그리스 놈들이 우리에게 주는 선물이 아니오."

"무슨 소리요? 이렇게 아름다운 예술품이 뭐가 위험하다는 거요."

"그럴 리가 없소. 무슨 꿍꿍이가 있을 것이오. 저 안에 병사들이 숨어 있을지도 모르오."

목마 안에 숨어 있던 오디세우스와 메넬라오스를 비롯한 결사대는
등골이 오싹했다. 자신들의 운명이 경각에 달린 상황에서 숨을 죽인 채
가만히 귀를 기울였다.

"우리를 해치도록 저주를 걸어놨을지도 모르고, 위험한 동물을 가둬
놨을지도 모르오. 아무튼 가까이 가지 마시오!"

라오콘은 사람들이 자신의 말을 믿지 않자 옆에 있는 병사의 창을 빼
앗았다.

"이리 내놔 보아라!"

그는 목마를 향해 그 창을 던졌다. 목마의 옆구리에 창이 꽂히자 진
동하는 소리가 울렸다. 그 소리는 안이 비어 있다는 의미였다. 하지만
트로이아 사람들이 제대로 귀를 기울여서 들었다면 목마를 뜯어보자고
했을지도 모른다.

트로이아 사람들은 신성한 말에 창을 던지는 것은 불경한 짓이라고
여겼다.

"이자가 지금 무슨 짓을 하는 거요?"

라오콘은 더욱 강하게 주장했다.

"저 목마의 배를 갈라봐야 하오. 아니면 불을 질러보시오.
이 물건의 정체가 무엇인지 알 수 있을
것이오."

그때였다. 순찰을 나갔던 병사들이 시논을 붙잡아 끌고 왔다.

"대왕이시여, 수상한 자 하나를 잡아 왔습니다."

그들은 프리아모스 왕 앞에 시논을 끌어다 놓고 무릎을 꿇렸다.

"이자가 갈대밭에 숨어 있었습니다."

"그리스 놈이로구나. 네가 말해보라. 이 목마는 무엇이냐? 이 목마의 정체를 밝혀라."

그러자 시논은 정신이 반쯤 나간 것처럼 말했다.

"아, 이 저주받은 운명이여!"

"사실대로 말하지 않으면 너의 발을 숯불에 집어넣겠다. 이 목마의 비밀을 털어놓아라."

시논은 계속 뜸을 들였다.

"같은 편인 그리스 사람들이 나를 죽이려 하더니 이번에는 트로이아 인간들이 나를 죽이려 하는구나."

프리아모스 왕이 병사들에게 명했다.

"저자를 일으켜 세워라. 자세한 이야기를 들어보자."

시논은 눈물을 쏟으며 일어났다.

"너는 무슨 까닭으로 너희 그리스인들을 따라가지 않았느냐? 왜 이 곳에 남은 것이냐? 네가 사실대로 말한다면 너를 받아들여 여기에 살게 해주겠다."

시논은 믿을 수 없다는 듯이 고개를 저었다.

"그 말을 믿을 수 없소. 10년간 우리는 당신들과 싸우지 않았소?"

"너는 그리스의 병사가 맞느냐?"

"맞습니다."

"그런데 처음 보는 얼굴이다."

"그렇습니다. 저는 팔라메데스 장군의 갑옷을 담당하는 사람이었습니다."

"그런데 왜 같이 떠나지 않았느냐?"

"팔라메데스 장군은 오디세우스와 사이가 나빴습니다. 두 사람은 서로를 견제하다 결국 오디세우스가 팔라메데스 장군을 죽이고 말았습니다.★ 그래서 저는 원수를 갚기로 했습니다. 어떻게든 오디세우스를 죽이려고 기회를 엿보고 있었는데 다른 자들이 저의 계획을 오디세우스에게 밀고했습니다. 오디세우스가 저를 죽이려고 했는데 그때……."

시논은 갑자기 입을 다물었다.

"왜 말하다 마느냐?"

"어차피 믿지 않을 텐데 말해서 무엇 하겠습니까? 어서 저를 죽이십시오. 당신들이 저를 죽이면 그리스에서는 싸우다 죽었다고 우리 가족들에게 전리품을 나눠줄 것입니다. 아가멤논과 오디세우스도 제가 죽기를 바라고 이렇게 버리고 간 것입니다. 제 목을 자르면 오디세우스가 고맙다고 할 것입니다."

여기서 잠깐!!

팔라메데스와 오디세우스의 사이가 나빠진 이야기는 유명해. 오디세우스가 전쟁에 참여하기를 꺼려 꾀병을 부리고 있다고 팔라메데스가 폭로한 것이 원인이지. 오디세우스는 이로 인해 팔라메데스를 원망하게 되었어. 이후 오디세우스는 팔라메데스를 모함하여 그가 트로이아와 내통하고 있다는 거짓 증거를 만들어냈어. 그 결과 팔라메데스는 반역죄로 처형되었지.

그럴수록 트로이아 사람들은 시논의 이야기가 더욱 궁금했다.

"무슨 이야기든 들어줄 테니 계속해보아라."

시논은 한참 망설이더니 체념한 듯 고개를 들었다.

"이래 죽으나 저래 죽으나 어차피 마찬가지니 당신들이 믿든 말든 이야기하지요."

시논은 떨리는 목소리로 말을 이었다.

"그리스 장군들이 신탁을 물어봤는데, 글쎄…… 흑흑흑!"

시논은 갑자기 목이 메이는지 말을 맺지 못하고 울먹였다. 그가 뜸을 들이자 트로이아 사람들은 더욱 궁금해서 안달이 났다. 그야말로 타고난 이야기꾼이었다.

"신탁에 따르면 바다가 잔잔하고 순풍이 불어오려면 제물을 바쳐야 한다는 것입니다. 그 제물로 그리스인 가운데 하나를 죽여야 한다고 했습니다. 그런데 칼카스 이 망할 놈의 점술사가 저를 죽여야 한다고 말하지 뭡니까. 아마 오디세우스에게 몰래 뒷돈을 받은 듯합니다. 그래서 저는 꽁꽁 묶여서 제물이 될 판이었는데……."

"너를 제물로 바치겠다고 한 것이냐?"

"그렇습니다. 저를 불태워 죽이려고 했습니다. 그래서 저는 간신히 밧줄을 끊고 도망쳐 갈대밭에 숨어 있었습니다. 제가 도망치지 않았다면 어젯밤에 저 불더미 속에서 타 죽었을 것입니다."

얼마나 말을 잘하는지 트로이아 병사들은 놀라움과 탄식의 소리를 내뱉으면서 그의 이야기를 들었다.

"그러면 저 목마는 무엇이냐?"

"저 목마는 아테나 여신에게 바치는 마지막 선물입니다. 자신들이 무사히 그리스까지 돌아가게 해달라는 뜻에서 가장 아름다운 말을 만든 것입니다. 전쟁의 여신이 타고 다니시라고 바친 말이지요."

"이 모든 이야기가 진정 사실이란 말이냐?"

"신께서 지켜보고 계시는데 어떻게 거짓말을 하겠습니까? 동료들도 다 떠나고 어차피 죽을 목숨인데 거짓말해서 뭐 하겠습니까?"

트로이아 병사들은 시몬의 거짓말에 깜박 속아 넘어갔다. 그래서 왕이 명령을 내리지도 않았는데 밧줄을 풀어주고 시논의 어깨를 다독이며 위로해주었다.

"걱정하지 말게. 우리가 자네를 죽이지는 않는다네."

목마가 자신들을 해치는 위험한 무기인 줄 알았는데 아테나 여신에게 바치는 선물이라고 하니 안심이 되었다. 오디세우스가 훔쳐 간 팔라디온 대신 이 목마를 신전에 바치면 좋겠다는 생각이 들었다.

"대왕이시여, 저 목마가 비바람에 맞지 않도록 성안으로 들이십시오. 그리고 아테나 신전을 지키는 수호신으로 세워두면 좋겠습니다."

"맞습니다. 아테나 여신이 저 말을 타고 우리나라를 쳐들어오는 외적들을 모두 다 무찔러줄 것입니다. 만세! 만세!"

평원에는 온통 만세 소리가 울려 퍼졌다. 왕은 흐뭇했다. 고생 끝에 낙이 온다더니 드디어 전쟁이 끝나고 평화가 찾아온 듯했다.

목마를 끌고 가려고 병사들이 다리에 밧줄을 매고 있을 때였다. 사제 라오콘이 계속 소리를 질렀다.

"안 되오. 저자의 목을 치시오. 저놈이 그리스의 첩자가 아니라는 보장이 없소."

사람들이 라오콘의 말에 귀를 기울이려 할 때였다. 갑자기 바다에서 파도가 일렁이더니 두 마리의 거대한 바다뱀이 스르륵 미끄러져 나와 해변으로 올라왔다. 물살을 가르는 힘이 어찌나 센지 커다란 갤리선이 파도를 일으키는 것 같았다. 모두 두려움에 떨었다.

"바다뱀이다."

사람들이 도망치는 순간 바다뱀은 순식간에 라오콘을 공격했다. 입에서는 혀가 날름거렸고 두 눈에서는 불길이 번쩍였다. 두 마리가 라오콘의 두 아들을 순식간에 감싸더니 옥죄었다. 라오콘은 아들들을 구하기 위해 무기를 들고 뱀에게 달려들었다.

"이놈들이 내 아들을……."

하지만 이미 늦었다. 두 아들은 척추가 부러지고 온몸이 터져서 피투성이가 되었다. 이어서 뱀 두 마리가 라오콘을 휘감았다.* 놀란 병사들이 뱀을 죽이려고 창과 칼을 휘둘렀지만 소용없었다. 어떤 창도 뱀들에게 상처를 입힐 수 없었다. 라오콘은 몇 차례 비명을 지르더니 그대로 죽고 말았다.

바다뱀은 재빨리 땅바닥을 기어 평원을 미끄러져 나아가더니 트로이아 성으로 들어갔다. 바다뱀은 아테나 신전의 여사제들 사이를 뚫고 방패 뒤로 사라졌다. 보이지 않는 구멍으로 모습을 감춘 것이다. 순식간에 일어난 뱀의 공격에 사람들은 넋이 나갈 정도였다.

"이게 무슨 일인가? 방금 내가 본 장면이 꿈이 아니라 진짜인가?"

두 눈으로 보고도 믿을 수 없었다. 하지만 라오콘과 두 아들은 형체를 알아볼 수 없을 정도로 찢겨 있었다.

"이것이야말로 아테나 여신의 뜻을 거역했기 때문이다."

"아테나 여신에게 바친 저 목마를 해코지하려 했기 때문이지."

"이 목마를 빨리 모셔 가는 게 좋겠어. 여신이 분노하면 무슨 일이 일어날지 몰라."

"여신이 라오콘에게 복수하신 거야."

이쯤 되자 여신의 노여움을 풀기 위해서라도 목마를 성안으로 들일 수밖에 없었다. 그들은 목마의 앞뒤로 끈을 매달았다. 그리고 밑에는 거대한 널빤지를 받친 둥근 나무들을 연이어 깔았다. 한 무리는 목마의 중심을 잡으며 밧줄을 당기고, 한 무리는 깔판을 놓아주면서 일사불란하게 성안으로 끌고 갔다. 시논도 밧줄을 당겼다. 병사들은 성문까지 신나게 목마를 밀었다. 성문 앞에는 어느새 사람들이 나와 있었다.

그런데 목마를 들이는 것을 반대한 사람이 또 있었다. 그녀는 바로 프리아모스 왕의 딸 카산드라였다.★ 그녀는 앞일을 예언하는 능력을 가지고 있었다.

여기서 잠깐!!

라오콘은 아폴론 혹은 포세이돈의 사제라고 해. 그는 아폴론 신전에서 아내와 동침한 일로 신들의 노여움을 사고 말았어. 그의 죽음은 신성모독으로 벌을 받은 거라는 이야기도 있지.

● ● ●

카산드라는 아폴론의 사랑을 독차지한 여인이야. 그녀는 아폴론에게 예언하는 능력을 달라고 부탁했대. 그러자 아폴론은 그 대가로 그녀의 사랑을 요구했어. 그런데 카산드라는 예언하는 능력만 받고 아폴론의 사랑을 거부했어. 배신당한 아폴론은 카산드라에게 고통을 주기로 했지. 아폴론은 그녀에게 입맞춤을 한 번 하자고 하고, 입맞춤을 하는 순간 그녀에게서 설득력을 뺏어버렸대. 그래서 카산드라는 미래를 내다보기는 하지만 사람들은 그녀의 말을 믿지 않았어.

"아버지, 안 됩니다. 이 목마는 재앙을 가져다줄 것입니다."

그녀가 아무리 설득해도 사람들은 귀를 기울이지 않았다. 원래 앞일을 예언하는 여인들은 무당과 비슷한 취급을 받아 사람들로부터 무시당하기 일쑤였다.

"아악! 신이시여!"

그녀는 머리를 쥐어뜯으며 절규했다. 그러나 목마는 이미 성안으로 들어오고 있었다. 그런데 목마가 너무 커서 성문의 망대 사이를 지나갈 수 없었다. 하지만 목마를 들이려는 사람들의 집념은 꺾이지 않았다.

"성벽을 무너뜨리면 되지 않느냐? 그리스 놈들도 떠났는데 성벽은 다시 쌓으면 된다."

쌓기는 힘들어도 무너뜨리기는 쉬운 법이다. 순식간에 돌멩이들을 뽑아내고 흙을 무너뜨리자 길이 생겼다. 목마는 그렇게 당당하게 성벽을 뚫고 트로이아의 성안으로 들어갔다. 목마는 가파른 길을 지나 드디어 아테나 신전의 안뜰에 이르렀다.

18

트로이아의 멸망

　목마를 들이고 나서 트로이아는 그야말로 축제 분위기였다. 그리스 군도 모두 떠나고 전쟁은 끝났으며, 아테나 신전을 지킬 목마도 얻었으니 더할 나위 없었다. 사람들은 신나게 먹고 마시고 취해 춤을 추며 기쁨을 만끽했다. 그들은 다음 날을 국경일로 선포하고 모든 사람들이 함께 모여서 잔치를 열기로 했다.

　신전을 장식하고 다음 날 있을 축제를 기대하며 모두 집으로 돌아가 편안하게 잠자리에 들었다. 기나긴 전쟁이 드디어 끝나고 오랜만에 푹 잠들 수 있어서 더욱 기분이 좋았다. 무너진 성벽은 절반 정도 보수해 놓았을 뿐이었다.

어둠이 짙어지고 사람들이 깊이 잠들었을 무렵 테네도스섬 뒤에 숨어 있던 그리스 군대는 조용히 트로이아 해안가로 돌아왔다. 노잡이들은 소리 내지 않고 조용히 노를 저었다.

　목마의 배 속에 들어가 있던 오디세우스와 결사대들은 바깥 소리에 귀를 기울였다. 시논은 술을 마시고 취해 잠든 척했다. 그는 깨어 있는 사람들이 없다는 것을 확인하고 아가멤논 대왕이 몰고 오는 배의 신호를 기다렸다. 그들이 무사히 해안에 상륙하면 신호를 보내기로 했다. 모두 잠든 트로이아는 고요에 묻혔다.

　마침내 떠나는 척했다가 다시 돌아와 해안에 조용히 상륙한 그리스 함대의 배에서 불빛이 반짝였다. 맨 앞에 있는 배에서 횃불을 휘두르는 것이었다. 시논은 그것을 보자 재빨리 움직였다. 그는 신전 앞에 세워진 목마로 달려갔다. 목마는 달빛을 받아 우뚝 서 있었다. 다시 봐도 감탄이 나올 만큼 아름다웠다. 시논은 목마 밑에서 새소리를 냈다. 안에서 기다리고 있던 정예부대는 드디어 때가 되었음을 알았다.

　에페이오스는 밖에서는 열 수 없지만 안에서는 열 수 있는 자물쇠를 열었다. 쐐기 하나를 뽑아내고 다른 쐐기를 밀기를 여러 번 반복하다 보면 문에 틈새가 벌어지는 정교한 장치였다. 그것을 만든 자만이 열 수 있었다.

　에페이오스는 드디어 틈새로 손가락을 집어넣어 목마의 밑창을 들어 올렸다. 사람 하나가 간신히 빠져나갈 만한 네모난 구멍이 뚫렸다. 밧줄을 아래로 던지자 밑에 있던 시논이 그 밧줄을 잡고 큰 돌에 단단히 붙들어 맸다. 그 줄을 타고 메넬라오스와 오디세우스, 디오메데스 등이 내려와 소리 없이 땅바닥에 앉았다. 그들은 마치 유령처럼 그림자 속으로 걸어가 성문으로 향했다. 그러고는 성문을 지키고 있는 문지기들을 소리 없이 죽였다.

"성문을 열어라."

오디세우스의 명에 따라 성문이 열렸다. 그리스 병사들은 이미 성문 앞에 새까맣게 모여 있었다. 무너진 성벽과 성문으로 물밀듯이 그리스 병사들이 쏟아져 들어왔다.

마침내 아가멤논이 외쳤다.

"모두 죽여라!"

그리스군은 횃불을 높이 들고 닥치는 대로 트로이아 군사들을 죽이고 불을 지르며 왕궁을 향해 쳐들어갔다. 검은 갑옷을 입은 그들은 곧 죽음의 강물이 되어 트로이아 성안을 휩쓸고 지나갔다. 잠결에 깨어난 트로이아 사람들은 제대로 저항 한 번 해보지도 못하고 죽임을 당했다. 사방에서 아이들 울음소리와 개 짖는 소리, 여자들의 비명 소리가 퍼져나갔다. 칼과 창이 부딪치는 소리가 성안에 가득했다. 지옥이 따로 없었다.

때마침 불어오는 바람에 불길은 성 전체로 번지기 시작했다. 그때 오디세우스의 모습이 보이지 않았다. 오디세우스는 자기만의 밀명을 띠고 모습을 숨긴 것이다.

디오메데스는 아우토메돈을 비롯한 군사들을 거느리고 왕궁 앞에 이르렀다. 문지기들은 순식간에 죽임을 당했고, 경비병들은 지붕 위에서 기왓장을 벗겨내 던졌다. 그리스군은 방패로 머리 위를 가린 채로

도끼로 문을 부수고 빗장을 쪼갰다. 마침내 돌쩌귀가 떨어지면서 문이 열렸다. 그들은 궁 안으로 쏟아져 들어가 침실과 앞마당을 마구 난도질했다. 어떠한 칸막이나 방도 피해갈 수 없었다. 그들은 방마다 문을 열고 들어가 남자라는 남자는 모조리 찾아내 죽였다.

왕비와 왕자들은 가장 깊숙한 뜰에 모여 있었다. 이들은 자비를 기다리는 비둘기 떼 같기도 했고 어린 양들 같기도 했다. 하지만 그곳은 피난처가 되지 못했다. 프리아모스 왕은 제단 앞에 무릎을 꿇고 신에게 기도를 올렸다. 그것이 그가 할 수 있는 유일한 일이었다.

"트로이아 왕이 여기 숨어 있다!"

광기 어린 병사가 프리아모스 왕의 수염을 잡고 제단에서 끌어내더니 단번에 칼로 베었다. 그의 몸에서 나온 피가 제단을 덮었다. 병사들은 비명을 지르는 여인들을 모두 끌어냈다. 왕족과 귀족 여인들은 이제 그리스 병사들의 노예로 전락했다. 불바다 속에서 비명 소리가 울려 퍼졌다. 벽과 지붕이 모두 무너져 내려 잔해들이 쌓였다. 난공불락의 트로이아 성은 한순간에 함락되었다.

메넬라오스는 헬레네를 찾았지만 보이지 않았다.

"헬레네는 어디 있느냐?"

광기에 사로잡힌 메넬라오스는 당장이라도 헬레네를 죽일 듯이 칼을 휘두르며 돌아다녔다. 하지만 왕궁 안에서는 헬레네를 찾을 수 없었다. 시녀 하나가 헬레네는 유일하게 남은 왕자인 데이포보스가 데리고 있다고 알려주었다.

메넬라오스는 데이포보스의 처소로 달려갔다. 그러나 데이포보스는 이미 창에 찔린 채 문 앞에 쓰러져 있었다. 메넬라오스는 자신이 직접 헬레네를 죽이겠다는 마음으로 급히 뛰어 들어갔다. 그러고는 넓은 홀에서 오디세우스와 마주했다. 오디세우스의 칼에서 피가 뚝뚝 떨어졌다. 그는 임무를 완수한 자의 허탈한 표정을 하고 있었다.

"오디세우스, 헬레네는 어디에 있는가?"

메넬라오스는 마치 눈빛으로 꿰뚫을 듯이 쏘아보았다. 오디세우스는 사뭇 비장한 표정으로 말했다.

"친구여, 그대는 오늘 아침 나에게 맹세했네. 내가 원하는 것을 하나 들어주겠다고 하지 않았나?"

"그렇게 말했지. 그게 무엇인가? 나는 맹세를 어긴 적이 없는 사람일세. 그런데 지금 그 얘기를 꺼내는 이유가 뭔가?"

오디세우스가 다시 한번 입을 열었다.

"내가 원하는 것을 말하겠네. 승리는 이제 우리의 것일세. 트로이아에 있는 모든 물건들은 우리 그리스 사람들의 것이네. 모든 여자들은 우리 그리스의 노예가 될 것이네. 헬레네의 목숨을 살려주게. 그것이 내 소원이네."

"헬레네를 자네가 차지하려는 것인가? 자네도 구혼자 중에 한 명이었기 때문인가?"

"그게 아니네. 나에게도 아름다운 아내가 있네. 내가 헬레네에게 은혜를 갚기 위해서라네. 내가 트로이아의 보물을 훔치러 왔을 때 나를 발견한 헬레네가 소리를 질렀다면 그때 나는 죽었을 걸세. 그녀가 내 목숨을 구해주었듯이 나도 그녀를 살려주려는 것이네."

밖은 지옥과 같은 아비규환인데도 홀 안은 정적이 흘렀다. 메넬라오스는 남자의 의리를 지켜 헬레네를 죽이지 않을 것인지, 헬레네를 죽여서 원한을 풀 것인지 갈등하고 있었다.

이때 헬레네가 어둠 속에서 모습을 드러냈다. 그녀는 말없이 메넬라오스 앞에 무릎을 꿇었다. 배신하고 떠나온 남편 앞에서 처참한 심정으로 고개를 떨궜다. 아름다운 머리칼을 늘어뜨린 채로 헬레네는 손을 내밀어 메넬라오스의 무릎을 만졌다. 모든 것을 바치겠다며 자비를 구하는 태도였다.

메넬라오스는 10년 만에 아내를 내려다보았다. 헬레네의 미모는 그대로였다. 하지만 아무 잘못도 하지 않은 자신을 배신하고 이 어마어마한 전쟁을 일으킨 여인이었다. 나라와 자식을 버리고 떠났다는 생각을 하면 당장 칼을 들어 그녀를 두 동강 내고 싶었다. 칼을 든 그의 손이 부르르 떨렸다. 그의 칼은 이미 피로 얼룩져 있었다. 그대로 내리친다면 피 한 방울이 더 묻을 뿐이었다.

그러나 그녀를 죽이는 순간 오디세우스와 적이 된다. 모든 명예도 물거품이 된다. 자신이 전쟁을 일으킨 것은 명예 때문이었다. 분노로 인해 또다시 명예를 무너뜨릴 수 없었다.

"으음!"

메넬라오스는 깊은 신음을 내뱉으며 칼을 내려놓았다. 요란한 소리를 내며 칼이 땅바닥에 떨어졌다. 긴장하고 있던 오디세우스는 잔잔한 미소를 지었다. 메넬라오스가 자신의 약속을 지키리라는 것을 알았기 때문이다.

메넬라오스는 헬레네를 일으켜 세웠다. 젊은 시절 만났던 그녀는 여전히 그의 아내였다. 미워했던 감정만큼이나 사랑하는 감정이 북받쳐 올랐다. 그녀와 함께했던 행복한 시절이 떠올랐다. 그녀를 사랑하고 증오하는 마음이 뒤엉켜 견딜 수가 없었다.★

헬레네는 뜨거운 눈물을 흘리며 메넬라오스의 목에 매달려서 한없이 울었다.

"흑흑흑. 고마워요. 저를 용서해주셔서 정말 고마워요."

마침내 끔찍한 재앙 같은 밤이 저물고 새벽이 왔다. 밤새 트로이아는 잿더미가 되었다. 신전도 무너지고 목마는 불타올랐다. 프리아모스 왕을 비롯해 트로이아 병사들의 시체가 산더미처럼 쌓였다. 들개와 독수리 떼들은 사람들이 사라지기만을 기다리고 있었다.

날이 밝자 그리스 병사들은 본격적으로 노략질을 하기 시작했다. 그들은 집집마다 들어가 귀중품들을 모두 가지고 나왔다. 트로이아의 여인들은 하나도 남김없이 모두 그리스군의 선단 쪽으로 끌려갔다. 그녀들은 이제 노예 신세로 전락해 그리스 남자들을 새로운 주인

여기서 잠깐!!

메넬라오스가 헬레네를 용서한 건 단순히 감정에 휘둘린 게 아니었을 거야. 전쟁으로 모든 게 엉망이 된 상황에서 더 이상 살상하기 싫었겠지. 자신에게도 조금은 책임이 있다고 생각했을 수도 있어. 그는 복수보다는 용서를 통해 더 나은 미래를 선택했다고 봐야 해. 아름다움이 많은 문제를 일으키지만 인간적인 화해와 사랑은 더 크고 강하다는 걸 보여주는 거지. 상처를 치유하고 새로운 시작을 가능하게 만드는 용서의 힘을 느끼게 돼.

으로 맞아들여야 했다. 헥토르의 아내 안드로마케도 새 주인이 기다리는 배에 올랐다.

안드로마케는 트로이아가 멸망하는 날 밤 성벽 위에서 아들에게 말했다.

"아들아, 이대로 살아서 굴욕을 당하느니 죽음을 택하자. 아버지를 따라가는 것이 옳은 길이다."

그녀는 아들을 먼저 성벽 아래로 밀어 떨어뜨렸다. 그리고 자신도 뛰어내리려는 순간 달려온 그리스 병사가 그녀의 옷깃을 붙잡았다.

"놔라! 놔!"

마음대로 죽지도 못한 안드로마케는 결국 자신의 남편을 죽인 아킬레우스의 아들 네오프톨레모스의 전리품이 되었다. 네오프톨레모스는 아버지 아킬레우스가 죽은 후 그리스군이 승리하려면 그를 데려와야 한다는 예언에 따라 참전해서 혁혁한 공을 세웠다. 카산드라도 아가멤논의 전리품이 되어 그의 배에 올랐다.

트로이아의 왕자비와 공주까지 노예 신세로 끌려갈 때 이 모든 재앙의 원인이었던 헬레네만은 왕비의 자격으로 메넬라오스의 배에 올랐다. 그녀로 인해 수많은 사람들이 죽고 한 나라가 멸망했는데도, 정작 그녀는 아무것도 잃지 않았다.

10년간 이어져온 전쟁이 하룻밤에 결판이 나버렸다. 무슨 일이 있었냐는 듯이 동편에서 싱그러운 아침 해가 떠올랐다. 폐허가 된 도시는 아침 햇살에 그 모습을 또렷이 드러냈다.

죽음과 약탈의 밤이 저물고 아침이 되자 그리스군은 승리를 확신하며 소리쳤다.

"이제 고향으로 돌아가자."

대승을 거둔 그리스 연합군은 고국으로 돌아갈 준비를 했다. 그들은 작별 인사를 나누고 오래전에 떠나온 고향을 향해 각자 뱃머리를 돌렸다. 각국의 선단들은 하나둘씩 노를 저어 큰 바다로 나갔다. 그들의 등 뒤로 폐허가 된 자리에서 연기만이 피어올랐다. 그들의 배에는 승리의 대가인 수많은 금은보화와 전리품, 여인들이 가득 실려 있었다.

이렇게 해서 트로이아와 그리스 연합군의 기나긴 전쟁은 끝이 났다.

주석으로 쉽게 읽는
고정욱 그리스 로마 신화 ❽

초판 1쇄 인쇄 2024년 12월 27일
초판 1쇄 발행 2025년 1월 17일

지은이 고정욱
펴낸이 이범상
펴낸곳 (주)비전비엔피 · 애플북스

기획 편집 차재호 김승희 김혜경 한윤지 박성아 신은정
디자인 김혜림 이민선
마케팅 이성호 이병준 문세희 이유빈
전자책 김희정 안상희 김낙기
관리 이다정

주소 우) 04034 서울특별시 마포구 잔다리로7길 12 (서교동)
전화 02) 338-2411 | **팩스** 02) 338-2413
홈페이지 www.visionbp.co.kr
인스타그램 www.instagram.com/visionbnp
포스트 post.naver.com/visioncorea
이메일 visioncorea@naver.com
원고투고 editor@visionbp.co.kr

등록번호 제313-2007-000012호

ISBN 979-11-92641-60-7 04840
       979-11-92641-52-2 04840 [SET]

신회초판
24. 12. 10